· 全民微阅读系列 ·

虚拟回家

美人锥　著

江西高校出版社

图书在版编目（CIP）数据

虚拟回家 / 美人锥著 . — 南昌：江西高校出版社，
2017.1 （2021.1 重印）
（全民微阅读系列）
ISBN 978-7-5493-5032-2

Ⅰ. ①虚… Ⅱ. ①美… Ⅲ. ①小小说—小说集—中国
—当代 Ⅳ. ① I247.82

中国版本图书馆 CIP 数据核字（2017）第 017579 号

出 版 发 行	江西高校出版社
社 址	江西省南昌市洪都北大道 96 号
总编室电话	（0791）88504319
销 售 电 话	（0791）88592590
网 址	www.juacp.com
印 刷	永清县晔盛亚胶印有限公司
经 销	全国新华书店
开 本	700mm×1000mm 1/16
印 张	14
字 数	160 千字
版 次	2017 年 1 月第 1 版 2021 年 1 月第 2 次印刷
书 号	ISBN 978-7-5493-5032-2
定 价	45.00 元

赣版权登字 -07-2017-42

目录

第一辑　常感动

　　生活中，有很多感动我们的人和事。像《心盲》中的赵奶奶、《葡萄结》中的场长、《刎颈之交》中白褂子，都是极具正能量的人物，他们原本是普通人，却用不普通的举动把故事演绎得催人泪下。

心　盲

　　生活中，有很多不经意的举动，可能伤害到人，使人变成魔鬼；也可能帮助到人，使人变成天使。

　　农民工王强先遭遇到前者——一个瞧不起乡下人的护士，她使在困难中挣扎的王强举起了匕首；而那位赵奶奶，则不一般……

　　王强站在走廊尽头，猛嘬几口捡来的烟屁股。烟屁股又短又干，忽地蹿出明火，差一点儿烧到他胡子拉碴的脸。

　　哎，哎，告诉过你多少次了？这里不许抽烟，要抽到院子里抽去。女护士从器械室推车出来，朝王强嚷道。

　　王强尴尬地笑笑，随手把烟头扔在地上，狠狠地把残火踩灭。

护士回过头，不耐烦道，又忘了？烟头别往地上扔。说着，扔过一张卫生纸，命令道，抓了扔卫生间去。对了，手术押金还差两千块钱，你快点儿，要不明天的手术就排不上了。

通过门上玻璃条，王强乜见老婆春花，面色惨白地躺在床上安静地输着液。

嗯。王强慌忙答应着，捡起烟头扔进卫生间，挠着脑袋出了住院楼。

半个月前，因为拆迁，王强最后一次找村支书交涉。已经折腾两个月了，仍旧只补偿 40 万。王强不同意，老支书，你也知道，咱是祖上传下的老宅子，咋能随随便便就拆了？

村支书点着一支高档香烟，道，大家都拆，你不拆能行？

那给的也太少了，听说别人家都给五、六十万呢。王强讪讪地说。

谁家数钱让你看见了？村支书眼睛一瞪，王强一哆嗦，我再跟拆迁公司说说吧，再加一到两万，就这么多了，已经够照顾你了。

42 万，钱还没到手，房子就拆了。有人欲言又止告诉王强，村支书往往都在中间截留……

王强带着春花开始上访，先到乡里和县里，人家说没证据，客气地把他们劝回去。回村，村支书的婆娘就坐在门口骂街，难以入耳，王强一气之下，带着春花来省城告状。

前天，从省信访局出来，春花就晕倒了，送到医院一查，冠状动脉狭窄，需要做支架手术，押金两万五。王强跑遍省城借，还差两千块钱凑不上。一个老乡说，要想手术做得成功，得给主刀医生塞红包。王强问红包要多少钱，老乡说怎么也要五千吧！一听还要五千，再加上两千押金就是七千了，王强立马蔫儿了，哪儿去找钱？

出了医院，一直向西走，太阳渐渐抬升，像越燃越旺的火炉，烤得王强如同一块冒油的面包。面包脚下出现了一大截烟屁股，捡起点着香甜地嘬着，烟雾中，他看见前面的金晖小区，那是个老小区，没有铁门，没有保安。王强嘬完最后一口，站起来，一拍大腿，大步流星地进了小区。

逡巡到三楼，一户人家的门虚掩着，王强一咬牙，从口袋里掏出一把水果刀，开门进去，回身把防盗门关上。

客厅当中，站着一个白发苍苍的老太太。王强忽然发现，自己忘了戴面罩，该死！他嘀咕道，可既然已经钻出了被窝，断然没有缩回去的道理，王强向老太太扬了扬刀子。

老太太对他视而不见，转头说，这么快呀？你在门口换一下鞋，抹布就在鞋柜上，你赶紧收拾吧。

王强愣住，再向老太太比画一下刀子，她还是毫无反应，却拿着手中的笤帚当拐棍，向前点着走向厨房了。

原来老太太是盲人，估计她在等小时工上门。

王强赶紧答应着，收起水果刀，换了鞋，拿起抹布，从客厅到卧室，装腔作势地擦桌子抹柜子，边擦边轻轻地翻找抽屉。可是，他忙得满头大汗，却一无所获。

王强按了按硬硬的水果刀，下了狠心。刚迈出卧室，就听到钥匙开门的声响，想退回去已经来不及了。门开了，一个身材高大的中年男人大步走进来，叫道，妈，我手机充电器落家里了。

然后，他看到了王强，王强仿佛被电了一下，下意识道，赵医生！

你怎么在这里？赵医生问。王强举着抹布，不知道该如何回答。赵医生接着说，两千块钱押金我已经帮你垫上了，明天准时做手术。像你爱人这种情况，现在治疗能去根儿，耽误了，后面花再多的钱也很难彻底了。

虚拟回家

这时，老太太在厨房里说话了，儿子，他是你的病人家属？他做小时工的，100块的工钱还没给，你给吧！

王强拿着100块钱，换了鞋，逃也似的出了门……

春花的手术做得很顺利，住了一个星期就出院了。结账时，押金还有节余，王强兴高采烈地还了赵医生两千块钱，带着春花回到老家休养。

不几天，省里派人来调查，村支书被带走了，王强拿到了足额的55万元补偿款。

一晃到了秋天，金色满枝，硕果累累。王强把花生、苹果、山楂装了鼓鼓囊囊的几大包，拉上春花，直奔省城的金晖小区。

老远，王强就看见几个老人坐在树下聊天，赵老太太也在其中。王强把东西塞到春花手里，低声说，你在这儿等着，赵奶奶是个盲人，你一会儿送她回去，顺便把东西拿到屋里。说着，王强走到老太太背后，低声说，赵奶奶，还能听出我的声音吗？

没想到，老太太居然还记得他。她站起来，抓着王强的手，你媳妇恢复得怎样了？

王强一脸灿烂："好了，好了，彻底好了。"说着，拉着她走出一段，春花跑过来扶住老太太，说，赵奶奶，我俩得好好谢谢您。

说着笑着，春花拿着大包小包的东西，和老太太上楼去了。

小伙子你过来。这时，树下一位老人叫王强。

王强连忙跑过去，老人说，小伙子，你腿脚利索，把刺绣给赵老太太送去，她刚才忘在这里了。

王强一愣，赵奶奶不是眼睛不好使吗？怎么还能刺绣呢？

她的眼睛不好？小区里就数她老赵的眼睛最好，这么多年了，刺绣时连老花镜都不用戴！

葡萄结

"我"在城市里，为独居乡下的父亲准备了完善的条件，有房子、有土地，可父亲说什么不肯来城里。

真正的原因是父亲离不开葡萄，可父亲为什么离不开葡萄呢？

前年，妹妹在国外要生孩子，娘飞过去照顾她了，老家只留下爹一个人。

我跟爹说，搬到城里和我一块住吧！爹说，不中，你租的房子太小了。再说城里没地，不干活我闷得慌。

去年底，我终于贷款买了一套新房，特意选了一楼，带一个三十平方米的小花园，这回有了地，我忙把消息告诉了爹，爹，这回有土了，你搬来和我住吧。爹说，光有土，没有葡萄呀！

我一直不明白，爹咋那么在意葡萄。记得我还很小的时候，老家的院子里被爹栽满了葡萄，我们连蔬菜都吃不上，只能眼巴巴地看着葡萄，那葡萄种类繁多，有巨丰、龙眼、玫瑰香等等，简直成了葡萄博物馆。爹照顾我们没耐心，伺候葡萄却不厌其烦。葡萄多了，到了深秋，大串大串的葡萄青紫青紫的绽满了院子，香气四溢，吃不掉爹也不卖，而是装进塑料袋里，大包小包地送给乡亲们。

我知道，我要是不栽葡萄，爹注定不肯来，他的脾气我知道。我跟爹说，你把家里的葡萄移几棵带过来吧！

爹说，让我想想。

从柳絮飞扬的四月等到骄阳似火的六月，爹还是没有来，于是

虚拟回家

我回老家去看爹。老远就看见葡萄的海洋，嫩绿嫩绿的叶子爬满了走道、屋檐、墙头，有的葡萄做下了果，有的小花开得正艳。我正欣赏着，爹忽地从茂密的葡萄叶子下面钻出来，双手沾着满泥带着杂草，刻满皱纹的脸上荡漾着幸福的笑。

爹，什么喜事这么高兴？

爹笑得更灿烂了，今天葡萄花开得好，肯定丰产，前年从七家山移来的几株也活了。

我虽然不常回家，但家里的葡萄多半是从七家山移来的——我不明白，附近十里八村，靠葡萄发家致富的人家不少，爹去要上几株，远比去三十里外的七家山来得容易。爹，为啥一定从七家山移葡萄呢？这个问题我一直想问，可从来没有机会，今天，我一定要弄个明白。

爹揶揄了半天，看我意志坚定，觉得绕不过去了。他慢慢地用烟斗装上一袋旱烟，吧嗒吧嗒地抽着，缓缓地讲了一个故事。

1960年秋天的一个早晨，饥饿难耐，15岁的爹跑出家门，想去向阳公社的姑奶奶家寻吃的。爹饿着肚子，就这样走啊走啊，走到七家山附近时，爹迷迷糊糊中他走上了一条小路，就在爹昏昏沉沉的时候，他忽然闻到了葡萄香，本已忘却的饥饿像被吹足的气球，飞速飘了上来。爹闪过一片树林，一大片葡萄园就展现在面前。爹不顾一切地钻过铁丝网，衣服破，背上划出了血口子，爹不觉得疼，他站起来就开始贪婪地吃葡萄。爹完全忘了，偷吃葡萄是很危险的，等他意识到危险的时候，几个看青的人已经来到跟前，手里还拎着棍棒。

爹意识到闯祸了，一下子呆住。一个中年人说道："把他送公社去吧！"旁边的人立刻随声附和，爹一紧张就哭出声儿。正在这时，远处传来一个声音：等一下。来人走近了，有人叫了一声场长，场长站定，严肃地说，偷集体的东西违法你知道吗？爹说知道，眼泪仍旧止不住地流。

该怎么处罚他？场长转脸问。

送公社，有人回答。

场长想了想，要不这样，你们都很久没放假了，我给你们放半天儿假。

那葡萄园谁看呢？大家异口同声地问。

他。场长指了指爹，作为处罚他要看半天儿葡萄。场长转过脸来问爹，你同意吗？

爹哪能不同意，拼命地点头说行。

然后，场长带着看青的三三两两地走了，偌大个葡萄园里就剩爹一个人。起初，爹还忍着肚子不去吃葡萄，但葡萄的香气熏得他忍无可忍，他边巡视边吃葡萄，也不知道吃了多少，最后嘴巴都吃麻了，舌头吃痛了，喉咙眼儿里都塞满了葡萄。爹饱了，晒着太阳坐在石板上睡着了。这一觉睡得很香，爹至今清楚地记得他做了一个梦，梦中他带了很多葡萄给爷爷、奶奶、姑姑、叔叔们。可葡萄还没到他们的嘴里，就有人把爹推醒了，爹睁眼，发现是场长。场长温和地笑着说，你可以走了。然后，场长把一个鼓鼓的袋子塞给爹，说，记住了，困难只是暂时的，好日子在后头……

爹没有把那袋葡萄带回去，而是偷偷换成了五斤苞米面，这五斤苞米面不光抵挡了饥饿，还给绝望的生活中带来了一缕希望的阳光。

我在家里住了三天，走的时候，我没再催爹搬城里去住。因为我知道，他的心离不开那一串串芬芳诱人的葡萄，更离不开那曾经带给他无限温暖的土地……

牡丹花后

魏师傅因牡丹花出名，却因牡丹花而得罪人。为了抢救遭受火灾的牡丹花，魏师傅受伤了，但受伤后的他，不是想着治伤，而陷入了深深的回忆中……

种类众多的牡丹中，有两个品种最为珍贵，一个花朵澄黄，曰姚黄，人颂牡丹花王；一个花朵紫红，曰魏紫，人颂牡丹花后。

魏二奎师傅正是侍弄牡丹的高手。

魏师傅掌握的祖传手艺，开了一个牡丹花圃，名为牡丹庭，培育的全都是牡丹，他对魏紫牡丹情有独钟，培育的数量也最多。

魏师傅培育出的牡丹，花枝粗而不蔓，花朵饱而不赘，颜色鲜艳诱人，卖相极佳，远近闻名。每到谷雨前后，牡丹庭内王后争宠、百花争艳，形态各异、五彩缤纷的牡丹花交相辉映。

此时，牡丹庭里人头攒动。通常两周时间，满园的牡丹就被抢购一空，来晚的买主，只能望着空旷的庭院扼腕叹息。

有眼尖的，发现单独隔开的角落里，戳着一盆一人多高的魏紫，满枝盛开着紫红色的牡丹花，但无论买家出价多少，魏师傅坚决不卖。

这盆魏紫是牡丹庭里的花后之魁，早先由魏师傅的父亲悉心培养，传至魏师傅，细心呵护，至今四十余载。这盆魏紫花枝旖旎，形似皇冠。每年谷雨前三天，花开如约而至，不早不晚，如日历一般准确。满枝花开四十余朵，朵朵丰腴，每朵花的花瓣少则 500 余片，多则 700 多片，肉嫩肉嫩的紫中泛红，溢出的芬芳打远就能闻见。

市政府乔迁新办公楼，市长看中了这盆魏紫，托魏师傅的表弟来商量，出价 10 万。

魏师傅不为所动。

表弟感叹道："哥，出这么高的价你都不卖，这株牡丹真是你的命啊！"。

魏师傅只是咧咧嘴，并不回答。

老伴儿开玩笑似的说道："莫不是像那个小品演的，你在花盆里藏下了金子？"

魏师傅一脸正色："才不呢！这魏紫本身就是最金贵的宝贝。"

一年春天，牡丹庭不明原因腾起大火。待发现时，棚顶的竹坯子噼里啪啦作响，稻草帘子也蹿起熊熊大火，眼见满庭的牡丹将要毁于一旦。

顿足捶胸的魏师傅不顾阻拦，突然一头钻进去，儿子魏小宝也随后冲进去。一会儿，两人顶着一条湿淋淋的棉被，推着那盆魏紫从火舌中钻出，刚刚出来，身后的庭院就哗的一声垮掉了。

年逾六十的魏师傅一屁股坐在地上，上气不接下气地倒着，再看他的腿上，鲜血淋漓，奔跑中碰在木板上，刮去一块肉，魏师傅毫不在乎，只是这满庭的牡丹付之一炬，让他痛心不已。

再看这株魏紫，被火灼到花枝和叶子，满是伤痕，魏师傅扶着花盆，突然老泪纵横。

老伴儿劝他去医院，魏师傅头摇得像拨浪鼓。老伴儿没有办法，拿来酒精和纱布给他处理。

魏小宝喘息未定，不解地问："爹，这魏紫现在到处都有培育，而且，听说100岁以上的魏紫周边就有十几棵，即便烧了，不过损失几个钱，也犯不上您赔上老命去救。"

魏师傅摇摇头："唉！以前没跟你们讲过，这株牡丹之所以珍贵，跟你大娘有关系。"魏师傅跟儿子提到第一任妻子，会称"你大娘"。

原来，魏师傅和现在的老伴儿是二婚，魏小宝是他俩生的儿子。之前，魏师傅娶过一个媳妇，后来生孩子时难产死了。

这些魏小宝都知道，他仍然一头雾水。

魏师傅继续道："那年春天，我不在家。你大娘怀着八九个月的身孕，天气突然阴了，下起了冰雹，这株魏紫正在院子里，她怕冰雹砸坏了牡丹，就一个人跑出去搬，她笨重的身子，哪里搬得动？就往屋里拖，拖进外屋，她感觉到腹痛难忍——即将临盆的征兆。她爬到炕上，拿起剪子，想等胎儿生出来自己剪断脐带，可谁承想竟然难产……"

魏师傅顿了顿又说："等我回到家，炕上一大摊血，她已经奄奄一息，那个儿子只露出半个身子就死了。她临断气前对我说：'二奎，这盆魏紫我没照顾好，刚、刚才雹子打断了几片叶子！'……尽管那会还没实行强制火化，但我还把你大娘和那死去的儿子火化了，骨灰拉回来，我捧了一捧埋进了这魏紫树下，自那之后，这牡丹花开得艳丽无比……"

过了半个多月，临近谷雨，这盆牡丹意外地准时盛开，被火烧过的枝叶有些残，星星落落点缀在花冠之中，远远望去，惊见了一个女人的影子。

喊 山

鬼喊山！让人听起来毛骨悚然，小小山村里自然炸开了锅，村主任带着群众去捉鬼，结果令人意外……

"快醒醒！快醒醒！"胖嫂使劲儿摇着睡得正香的胖哥。胖哥昨天跑长途运输半夜才回来，这会儿极不情愿地睁开眼睛，乜了一眼墙上的挂钟，不耐烦地嘟囔道："才七点多，叫什么叫！"

"鬼喊山了！"

一听"鬼喊山"，胖哥噌地坐起来，向窗外瞄了一眼："没下雨呀，怎么会鬼喊山呢？"

"我刚才和王嫂进山，想挖中草药，才走到一半，听见鬼喊山，就马上跑回来了。"胖嫂说道。

"鬼喊山"是这一带的土话，是指蛤蟆山山谷里发出的巨大声响，如哭、如吼、如巨石撞击混合的声响。鬼喊山往往在暴雨之后，是山洪即将爆发的前兆，村里人听到鬼喊山，会马上通知村民赶快搬离躲避，往往两三个小时之后，声势浩大的山洪就会滚滚而来。近十年，有过三次"鬼喊山"。

可今天是一个大晴天，怎么会有"鬼喊山"呢？

胖哥觉得这事儿不能视同儿戏，连忙起身，穿上衣服，趿拉着拖鞋去找村**主任**。刚出家门，迎面碰到王哥，王哥也是听了王嫂的讲述，正赶着去找村**主任**。村**主任**一听鬼喊山，马上锁上门，再叫上王嫂、胖嫂，几个人开车直奔蛤蟆山。

这蛤蟆山不高，也就七百多米，离蛤蟆屯三公里，距离市区十来公里。

把车停在山脚下，几个人开始往上爬。日上三竿，几个人已经爬到了山顶，但是一路上大家都有没听见鬼喊山。

胖嫂像泄了气的皮球，讪讪地对村**主任**说："村**主任**对不住了，兴许是我和王嫂听错了？"

当夜，下了一场小雨。

第二天早晨，胖嫂和王嫂五点多起来，又相约进山采中草药，才走进山谷，就听见骇人的"鬼喊山"的声音，两人脸色大变，连忙退回到山脚下，给家里打电话。

胖哥和王哥接到电话，又跑去叫村**主任**。三个人开上车，风驰电掣地赶到。果然，山谷中传来很响的声音。村**主任**经验丰富，他仔细听了听，道："鬼喊山应该像拉风箱一样的闷响，而现在这声音有些尖，而且脆，不像鬼喊山。"接着，他看了看台阶上印迹，分析道："会不会是野兽？你们看，这像爪子印儿，还带着泥呢！"

大家一听村**主任**说可能有野兽，不禁汗毛倒竖。

几个人返回车里，翻出铁杆、铁链子和扳手当作武器，开始登山了。喊山的声音越来越响，在山谷中回荡着，尖利、悠长，有些瘆人。

过了半山腰，那声音捉迷藏似的忽然听不到了。

又往向爬了一会儿，到了一处树木茂密的平地，几个人刚站定，就见树林中闪出一个人来，问道："胖哥，你们在干什么？"

胖哥定睛一看，是自己的初中同桌王凯，忙问："你不是在市里工作吗？今天怎么有空来蛤蟆山玩？"

"今天不是周日嘛，我带孩子出来转转。"

"刚才有鬼喊山的声音，你听到了吗？"胖哥问道。

"鬼喊山？"王凯重复了一句，然后恍然大悟道："才不是哩！那是我儿子在喊山呢。"

"你儿子？"大家不禁都瞪大了眼睛，齐声问道。

王凯指了指不远处。大家这才注意到，那边树下摆着一把藤椅，上面坐着一个六、七岁的孩子，王凯低声说道："那是我儿子，前段时间他的脚受伤了。这孩子自小就患有自闭症，在几家医院看过了都没有好转。听人说，让孩子多接触大自然，有条件的话找一处僻静的山谷，让孩子喊山听回声，自己跟自己聊天，用这种办法国外都有治愈的病例。这不，我清晨有时间，就带孩子来了几次，感觉他的病情大有改观。"

"那台阶上的脚印也是你留下的？"村主任问道。

"是啊，孩子脚受伤了，走不了路。每次我们坐公共汽车到附近下车，然后我背他上山。那台阶上不只是脚印，是我手脚并用留下的痕迹。"王凯指了指自己满是泥土的手套和鞋子。

村主任带着大家下山，一路上谁都没有说话。突然，喊山的声音再度响起，怎么听都觉得是一首气吞山河的曲子。

鸡　蛋

偏僻落后的山沟里，村民没见过世面，却有一颗一尘不染的心。从大千世界来的货郎，在这里经受一次心灵的洗礼。

小山村里，来一个卖儿童玩具的货郎。那花花绿绿的玩具山区孩子们没见过，货郎的生意非常火。

虚拟回家

　　一个男孩站在人群里，痴痴地看着，口水都要流出来了。孩子们买了玩具一哄而散，孤零零地留下男孩。货郎问他买什么，男孩说他没钱买。货郎说没有钱如果有鸡蛋的话，可以拿鸡蛋来换。

　　男孩一听鸡蛋可以换，就高兴转身蹿了。过一会儿，男孩呼哧带喘的小跑着回来，鼻尖儿上都是密密匝匝的汗珠。衣服兜着一坨鸡蛋，双手努力拽着衣角。

　　货郎帮他轻轻打开衣服，小心翼翼地把鸡蛋一个一个地捡下来，一共十六个。货郎仔细端详了一下，把鸡蛋一个又一个举起来，对着太阳一个接一个地照。

　　货郎边照边问："孩子，你家里是不是在孵小鸡呀？"

　　男孩天真地回答："是呀，叔叔，你怎么知道的？我家里有一个大大的用电的箱子，爸爸说是专门孵小鸡的，养鸡的人家都去我家买小鸡。"男孩说完，也蹲在货郎旁边，盯着举起来的鸡蛋，可他什么都没看出来。

　　这时，货郎已经把十六个鸡蛋分成两堆，一堆四个，一堆十二个，他对男孩说："这四个鸡蛋我不要，你拿回去。这十二个鸡蛋，算六块钱，你看上什么玩具了？"

　　男孩指了指一个大头娃娃："我要这个。"

　　货郎摇摇头："这个不够，要十五块钱呢。"

　　男孩想了想问："还要多少个鸡蛋才能换呢？"

　　货郎说："你再去拿十八个这样的鸡蛋。"

　　男孩兜起四个鸡蛋，屁颠屁颠地又跑了。

　　太阳跳到了头顶，炙热的阳光如万道金丝，拧成一根小鞭子，抽在货郎的身上火辣辣的疼。似乎过了好久，货郎远远地看见男孩回来了，牛喘着，怀里兜着一坨鸡蛋。

货郎把鸡蛋轻轻地拿下来，一个一个对着太阳照。男孩跟着他一起仰头，但男孩什么都看不出来，他觉得那只是一个个举着的鸡蛋。

货郎照完了，这回只有两只鸡蛋他不要，他把两个鸡蛋推给男孩，其余的鸡蛋他都装进絮了杂草的袋子，一个一个细心地码好，他说："这两个你拿回去，我少收你一块钱。"

男孩兴奋地抱着大头娃娃。货郎推起车子，也准备回家。男孩跟货郎一起朝前走，货郎问："你怎么不回家呀？"

男孩瞥着货箱里的玩具，顽皮地说："这条路也能回家。"

有一搭没一搭地聊着，货郎了解到男孩家里有爸爸妈妈，妈妈身体不好，男孩马上就要上学了，学校在大山的外面。男孩问货郎上学是干什么，货郎跟他描述了老师，描述了教室，描述得货郎心里有些泛酸。

两人正说得带劲儿，男孩突然叫了一声妈。货郎抬头发现眼前一户人家，门口坐着一个妇女，面色很是苍白。

妇女问道："小贝，你手里的玩具哪儿来的？"

小贝慌慌张张把大头娃娃抱在怀里，低眉顺眼道："我拿鸡蛋换的。"

小贝妈哦了一声，旋即又问："咱家鸡蛋锁在仓房里，你怎么拿到的？"

小贝回答："我从堂屋筐里拿的。"

小贝妈大吃一惊，忙道："哎呀，你拿的可是毛鸡蛋。"抬眼看着货郎说："师傅，你等一下。"说完，不等货郎回答，起身挪回院子，一会儿，又踅到门口，手中多了一个篮子，里面装着晶莹水灵的鸡蛋。

她对货郎说："师傅，对不住，孩子不懂事，俺家里在孵小鸡，孩子给你的都是毛鸡蛋，这是新鲜的鸡蛋，一共多少个毛鸡蛋，都换回来吧。"

货郎的脸一红，忙说："不打紧，不打紧。"

小贝妈坚持道："俺山里人家没见啥世面，可拿这毛鸡蛋冒充好鸡蛋，要是传出去，村里人会笑话死俺们一家子。"

货郎的脸更红了，他拿起小贝妈的鸡蛋篮子，放到院子的墙垛上。然后满面羞愧地说道："大姐，实在对不起，是我太贪心，我早发现男孩拿来的是毛鸡蛋。我把死胎毛蛋都挑出来，而那些活胎毛蛋我都收起来了。现在城里人就喜欢吃活胎毛蛋，一个能卖三块钱哩。所以，在大山外面，活胎毛蛋收购价比新鲜鸡蛋还贵一倍呢！"

说着，货郎从口袋里拿出十四块钱，放进鸡蛋篮子里说："这是活胎毛蛋应该补给你们的钱。"

货郎又从货箱子里拿出一个大口袋："大姐，你们家里还有多少这样的鸡蛋，一块钱一个，我全收了！"

最后一句话，他说得声音洪亮，底气十足。

海老师，您教过我

"我" 去看望生病的老师，老师却记不得自己，令人感慨万千，但结局的结局却是惊人的。

七月，我休年假回老家。姐夫说："你还记得海老师吗？他患上了阿尔茨海默病。我前一阵子去看望过，他已经不认得人了，你抽时间赶紧去看看吧！"

我心里一惊，海老师，听起来很陌生了。阿尔茨海默病不就是老年痴呆吗？他怎么会患上这个病？

海老师是蒙古族，教过我小学五、六年级，他教语文还教数学。他讲的课大家最愿意听，我觉得他是小学里最好的老师。但他只是初中毕业，听说直到五十五岁"被清退"，一直都是代课老师。

我买好了东西，准备过去。姐夫给师母打了一个电话，师母听说我要过去看望海老师，有些意外，说海老师这两天精神状态不错，来吧。

海老师的家在山里，我并不熟练地骑上父亲的摩托车，颠簸中骑行了五公里山路，总算找见了村子。又一路打听，终于看到海老师的家。

我停好摩托车，推开了院门。

这时，屋里走出来一个老妇人，依稀可以看出年轻时的模样，我忙叫了一声：师母。师母热情地请我进屋。

推开屋门，近三十年未见的海老师闪入眼帘。他坐在炕上，干瘦干瘦的，身子佝偻着，六十出头的人，头发全白了，他目光呆滞地看着窗外。

我压抑地叫了一声："海老师。"

海老师没有任何反应，师母在身后高声喊道："老海，你看谁来了？"海老师这才转过脸，扫了一眼，又转回去。我忙坐到炕沿边，拉住海老师的手摇晃着："海老师，您教过我，我是您的学生啊！"

海老师转回头，上下打量了我，突然说道："学生？学生好哇。"师母在旁边笑了，对我说："不少学生和老师来看过他，他都不认得。但一说学生这两个字儿，他还能说上几句人话。"

我问："海老师，您原来一直教五六年级，您忘了？冬天的时候，您每周都带着学生们去砍柴，好让炉子烧得旺旺的？"

"啊，啊。"海老师抓紧了我的手，"炉子旺好哇，烧炉子暖和，学生们还能热饭呢。"

海老师说的没错，那会儿学生们都用铝制的饭盒带饭。在滴水成冰的隆冬，背着饭盒一路走到学校，饭菜都冻成了冰渣。上午最后一节课，小小的火炉上摆积木一般摆起一人高的饭盒楼。海老师讲上十分钟的课，总要跑到火炉旁，把饭盒上下倒一倒，以保证大家中午都能吃到热乎乎的饭。

我正入神地回忆，海老师又说："唉，我呀，就愿意教那些学习成绩不怎么好的学生。"我吓了一跳，旋即有些哀伤，病魔侵蚀了海老师的脑子，让他一会儿明白，一会儿糊涂。但我实在不好阻拦，任由他继续说下去。

"他们上学的时候，没少给我找麻烦，有时还捉弄我，使劲儿气我。可他们毕业了，离不开村子，还要留在这里种地生活。他们长大了，这庄稼地里的活儿，他们可没少帮我。"

海老师突然流下眼泪，我忙扯下一截卫生纸帮他擦拭。海老师又说："那些好学生，虽然不多，但都鲤鱼跃龙门考出去了，很多人功成名就，可我再也没见过。"

蓦地，海老师抓住我的手："我教过一个学生叫王皓，你应该认识吧！他后来考上了名牌大学的博士，现在工作也挺有成就的，我经常能在电视上看到他。你说说看，你说说看，我曾经教过王皓这样的好学生，我骄傲不？我骄傲不？"

海老师絮絮叨叨不停歇地说着，我的眼泪肆意横流，喉咙塞得紧紧的，一句安慰的话也说不出来。

慢慢地，海老师讲累了，不再说了。师母伺候他喝水，然后，他又面无表情地把脸朝向窗外。

我把牛奶和补品放到桌子上，又走上前拥抱了海老师，和他告别。他羸弱的身体轻如薄纸，却有泰山一样的分量，压得我喘不过气。

师母一直送我到大门口，望着我骑上摩托车，高声说："王皓，慢点儿骑！"

白　条

一张白条，是白海洋的无奈；

一张白条，是阿牛的救命草。

但愿这种无奈在生活中少一些更好。

原本热火朝天搞建设的工厂突然停工了，听说消息，包工头蹿得比兔子还快，早没了踪影。

阿牛和老婆秀菊进城两年了，一直在这个工地打工。

没有时间表的等待中，阿牛急得满嘴火泡，在出租屋来来回回地走。

秀菊问："你想好怎么办了？"

阿牛叹了口气："想好了。"

秀菊嘱咐道："一定好好跟人说，不要急，儿子上学就指望这笔工钱了。"

提到儿子，阿牛心里又是一阵酸痛。再有一周，新生就该报到了，可至今学校还没搞定。工地旁边倒是有一个小学，他跑了好几次，但校长把脑袋摇得像波澜鼓，嘴里硬邦邦重复着两个字：不行。一个好心的家长告诉他，这所学校挺好的，借读费要三千块钱，还要找到关系才行。

学校好与坏并不是阿牛首要考虑的，他想着这里上学近，不耽误干活儿。但一听说还有借读费，着实戳到阿牛的痛处——自己已经四个月没领到工钱了！

漫无边际地想着，阿牛走出家门。逡巡到工地门口，瞥见依旧是锈迹斑斑的铁将军守着大门。阿牛环顾左右无人，就站近了，抓住栏杆爬上去，跳进院里。

停工半年，工地里杂草丛生，设备零件堆得到处都是。院子靠南是一排临建板房，红顶蓝墙，是投资方办公的地方。一间办公室前，居然停着一辆轿车。

阿牛蹑手蹑脚靠近窗户，斜乜进去——原来是副厂长白海洋正在打电话。

等白海洋刚放下电话，阿牛推门闯进去，白海洋吓了一跳。

阿牛顾不上客气，单刀直入道："白厂长，我是三工区二施工队的，包工头欠我们四个月的工钱跑路了，队长代表我们找过厂里好几次，一直没有结果，您看咋办？"

白海洋眉头一皱："上次你们队长来时我也说了，现在市场形势不好，集团公司一直亏损，我们也有两个月没发工资了，刚才我还在给银行打电话催贷款呢！"

阿牛摸摸口袋，掏出了包工头打的白条，说："我也不是要一次都解决，能不能先给我支一个月的，够儿子上学就行。"

白海洋抬眼望着阿牛，问："儿子上学？"

阿牛就把儿子想上旁边的小学，因无钱无关系遇阻的事儿讲述了一遍。白海洋听完，拿起白条，想了想说："这样吧，我们实在没钱，但你儿子上学的事儿，我试着帮帮你。"

说着，白海洋撕出一截白纸，趴在桌子上写着，一会儿，他直起腰来，把纸条交给阿牛："好了，钱数你核对核对。"

阿牛迷迷瞪瞪地进了家门，秀菊迎上来，接过崭新的白条，狐疑地问："钱呢？"

阿牛摇摇头："他们确实困难，连工资都发不出，没钱呗。"

"没有钱，新白条换旧白条有什么用？"秀菊狠狠地剜了阿牛一眼。

阿牛心里有些后悔，去时下了决心不给钱就来硬的，怎么一进办公室就怂了呢？这样想着，嘴上喃喃道："人家说这白条对孩子上学有用。"

秀菊的眼睛快眦出来了："也就你信，一张白条有恁大作用？"

不信归不信，两人还是决定去试试。找到副校长赵小荣，说明了情况，把新的白条交给她，赵校长让他们回去等信。惴惴不安等到第二天，阿牛接到电话通知，孩子上学的事儿居然办成了。

又过了半年，工厂终于复工了，阿牛和工友们又回到工地。

领回久违的工资，大家晚上凑在一起喝酒庆祝。

两杯酒下肚，阿牛拿起白酒瓶子，给大家倒满酒，然后，他举起杯子动情地说："敬大家一杯酒，不说别的，这工程咱们得好好干，不好好干对不起人家。"

有人问："阿牛哥，你喝多了吧？咋操起队长的心了？"

阿牛又道："才不是哩！我今天才知道，小学的赵校长是白厂长的爱人，人家拿了我的白条，自掏腰包把钱垫上，我儿子才能上学，这夫妻俩都是好人呐！"

屠夫二舅

二舅是一个屠夫，油光光的裼子，让人想起郑关西。二舅虽然邋遢，却不招人烦，而二舅突然娶回来的女人，却不出众人意外地欺骗了二舅……

二舅是妈妈的堂弟，三十多岁还是单身。

但二舅不是钻石王老五，没有越老越值钱的资本。只是他有一门手艺，使自己贬值的速度减缓了一些——这手艺就是杀猪。年关岁末，是他最忙的时候，一上午要杀两头猪。寒风中，二舅经久未洗的头发被吹得直立起来，再加上他身上穿着破马张飞、抹得油光光的皮裼子，活脱脱郑关西2.0版。

二舅兄弟四人，其他三个舅舅陆续结婚，分家单过，只剩下二舅和他的父母——也就是三姥爷、三姥姥生活在一起。二舅从二十一岁开始相亲，贫困线上挣扎的家庭条件，再加上二舅凶神恶煞的面相把女方一一吓跑，于是"大浪淘沙"，岁月把他沉淀下来。等他过了三十岁，三姥姥就放弃了给他娶媳妇的念想。

二舅满不在乎，专心于自己的杀猪事业。但杀猪不能发家致富，只能挣些零花钱。工钱没有公开的价码，慷慨些的主家给一百，吝啬点儿的给五十。二舅的注意力不在钱上，而在猪尾巴上，吃完饭他把油光光的嘴巴一抹，哼着小曲，拎上猪尾巴就走——这是最好的下酒菜。

话说二舅的年龄像一匹脱缰的野马，疾速跨进了三十六岁本命年。快出正月的一天，北风呼啸，二舅气喘吁吁地跑进家门，怀里抱着一个裹得严严实实的被子，三姥姥接过来，放到炕上打开，原来是一个婴儿——二舅在路上捡到的。三姥爷提出送派出所，二舅脑袋摇得像拨浪鼓，三姥爷气得差点儿背过气去，指着二舅的鼻子吼道，你自己说不上媳妇儿，再带上这么一个累赘，别人笑话不说，以后再甭想找媳妇了。

不撞南墙不回头的二舅哪里肯听，抱着孩子买奶粉去了，三姥爷气得站在院子里直跺脚。

二舅给女孩儿起名叫丁宁。过了两年，丁宁活蹦乱跳地满院子跑，成了大家的掌上明珠。

这天，镇上的媒婆登门，说要给二舅介绍媳妇，二舅对媳妇这个词儿已经有了免疫力，态度不冷不热，说，你也看到了，俺家里穷，又带着一个孩子，你跟她实话实说，就这条件，想进门享福，就痛快点儿别来了。

媒婆知趣地回去，向女方一五一十地转述。没想到，女方眼睛一亮，这么一个实在人，我得相看一次。

媒婆带着女方走进院子的时候，二舅刚刚洗完头，自从有了丁宁，二舅改变了不少，头发经常洗，衣服经常换，不洗手不抱孩子，他说怕宰猪的戾气传给丁宁。

女方屋里屋外地查看一番，又上下打量二舅，然后跟媒婆点点头，媒婆扭脸说，她觉得行。这回轮到二舅惊讶了，心里暗想，她真的相中了？不等二舅确认，媒婆又补充道，女方的情况我也介绍一下，她家是市里的，前夫在煤矿上班，因为男人下岗，家里实在揭不开锅，这才想离婚嫁到乡下。不过有一点，她还带着一个五岁的儿子。

想也没想，二舅大嘴一张，她没意见，我也没意见，只要她不带着丈夫来，我啥意见都没有。

就这样，二舅把二舅妈娶进门。膝下一儿一女，虽说不是亲生的，但一家四口看起来其乐融融，三年时间一晃就过去了。

就在大家以为二舅的幸福生活可以一直甜蜜下去的时候，二舅妈却带着儿子走了，听说还跟二舅办了离婚手续，跟前夫复婚了——看来二舅真的被骗了。人们都说二舅傻，替别人养了几年媳妇和儿子。但二舅不以为然，他解释说，她的前夫得了重病，伺候些日子总会回来的。

但事情的发展未能如二舅所愿，二舅妈走了半年多也没回来。二舅实在绷不住了，带着丁宁进城，想找二舅妈。在镇里等车的时候，丁宁光顾着玩，一辆小货车刹车失灵，发疯似的冲过来，二舅奔过去，把丁宁推到一边，自己却被小货车撞飞了。

二舅下葬那天，我意外地看到了二舅妈。送走客人，家里又平静下来，二舅妈坐在炕沿边儿，对三姥姥说，妈，我骗了你们，当初和二福（二舅的小名）结婚，我只想混个农村户口，回到矿上，能得到五万元的就业补偿款。可二福人好，不光对我好，还对不是亲生的儿子和闺女好，所以我又后悔了。这次办完补偿款，本想回来和二福踏踏实实过日子，只可惜晚了……

二舅去世一周年忌日，我又回去一趟，三姥爷家的房子翻新过，里里外外收拾得干干净净，透着新鲜，三姥姥说这都是二舅妈的功劳。看着二舅妈忙忙碌碌的身影，我感觉到，二舅的气息一直飘荡在屋里，似乎从来都没有离开过。

会飞的榔头

榔头怎么会飞呢？

一个少年在农田里飞奔，自称追着飞行的榔头跑，被同伴嘲笑是自然的。实际上，榔头仅仅是一种象征，象征着少年心底里挥之不去的思念。

余晓晖看见榔头飞起来的时候，他正骑在一棵杨树上，那光溜溜的树干像妈妈滑滑的胳膊。

一想到妈妈，余晓晖的眼眶禁不住有些湿润。妈妈远在南方打工，他盼呀盼，盼呀盼，但中秋节过了，妈妈没回来；春节过了，妈妈还没回来；到现在，妈妈整整两年没有回来了。每到过节前，余晓晖都会打电话问妈妈是否回来，这几乎成了两个人的保留节目，但妈妈经常略带疲惫地解释："儿子，放假的时候，来饭店吃饭的客人特别多，老板答应给我们三倍的工资，这样的话，再过两年，咱家的土房就可以变成砖房了，你也会有很多很多花花绿绿的作业本。"

正在上小学四年级的余晓晖不介意家里住的什么房子，他更喜欢新的作业本，但他控制不住想妈妈。

昨天下午，班里一片混乱，起因与余晓晖有关。

坐前排的赵小强嘲笑余晓晖没了妈妈，他分析说："余晓晖，你妈一定嫌家里穷，所以跑了，再也不回来了，要不，怎么这么久不见你妈妈呢？"

听了赵小强的说法，余晓晖怒不可遏，冲上去和赵小强扭打起来，

虚拟回家

桌子拱翻了，赵小强的文具盒被掀到地上，那可是赵小强姐姐给他买的生日礼物！

赵小强也急红了眼，抓紧了余晓晖的衣领，两人从凳子上滚到地上，从过道折腾到墙角，等班主任闻讯赶来时，他俩满头满脸都是土，还碰翻了两个杯子，水淋在身上，泥水混合，看上去，活脱脱两只抱在一起的泥猴儿。

余晓晖的爸爸和赵小强的爸爸都被叫到学校，班主任一番批评教育，赵小强向余晓晖道了歉，余晓晖也向赵小强说了一声对不起。

回到家里，余晓晖心里暗暗想，今晚免不了挨爸爸一顿打。妈妈不在家的这两年，他至少有两次因为在学校闯祸，导致柜子上的鸡毛掸子在自己屁股上跳舞。但这次出乎意料，爸爸竟然没有打他，全然忘了似的。

一轮圆月爬上树梢，静谧的月光钻过玻璃窗，悄悄落在余晓晖乱蓬蓬的头上，此时，他正埋头吃饭，爸爸突然告诉他："今天你妈已经到了省城，明天就可以回家来了。"

余晓晖惊讶地"嗯"了一声，没再说话，但他整晚都没睡好，总担心妈妈一到家就会离开，如果自己不小心睡着了，就见不到她了。

第二天是星期六。一大早，爸爸带余晓晖去了自家的田里。余晓晖心里像揣了一只充满青春活力的小鹿，在一刻不停地蹦跶。爸爸干活儿的时候，余晓晖闲来无事，踱到几棵杨树下，选一棵最光滑的杨树进行挑战，一鼓作气爬上去，可惜杨树高度不够，骑在树杈上，余晓晖有些失望。

进山唯一的公路在山的那边，余晓晖隐隐约约望见山头的影子，但那影子把背后的公路遮挡得严严实实，余晓晖根本无从知晓长途汽车是否到了，妈妈是否下车了。他只得盯着穿过农田的一条小路，小路蜿蜒如蚯蚓一般，一直向南，爬过山头，最终连接到公路上。但此刻的小路像一台没有信号输入的电视机——只有"雪花"，惟独没有人影闪过。

太阳越来越亮，明晃晃的，染了一树的金黄，把余晓晖的身子包裹成一枚橙子。树干冰冰凉凉，像一只硕大的冰糕，余晓晖真想咬上一口。在煦暖的阳光里，他渐渐有些困顿，靠在树冠的怀抱里，迷迷糊糊睡着了。

忽然，耳边传来"咥"的一声响，余晓晖睁开眼，瞥见刚才好端端放在地上的榔头竟然飞起来了。他打了一个激灵，飞快地溜下树。那榔头飞在比树冠顶还高的地方，轻飘飘的，像一架遥控飞机，缓缓地向南飞去。

余晓晖喊了一声："爸爸，榔头飞走了！"然后，他顾不得回头，拔腿向榔头追去。

榔头越飞越远，余晓晖跟在后面，紧追不舍。

翻过一个小山包，赵小强正蹲在自家的玉米地里，他看见余晓晖在奔跑，便起身问道："余晓晖，你在干什么？跑步吗？"

余晓晖指了指半空："没看到我家的榔头在飞吗？我在追呀。"

"榔头还会飞？"赵小强目瞪口呆，仔细端详着空中，视野里并没有任何东西，他摇摇头："余晓晖，什么都没有呀？"

余晓晖撇一撇嘴，气喘吁吁道："这榔头就在空中，你没有看到吗？真是的！"

赵小强摇摇头："余晓晖，你是不是疯了？在表演《皇帝的新装》吗？"然后，他故意高声喊起来："余晓晖追榔头喽！余晓晖就是个榔头！"

这时，爸爸的声音从后面传来："晓晖，别跑。"

虚拟回家

　　余晓晖顾不上跟赵小强拌嘴，跑得更快了，因为榔头正在加速，他怕榔头找不见了。他知道，家里丢了任何一样东西，妈妈都要拼命地挣钱买回来，那样的话，也许妈妈还会再晚些天回来，这是他不能接受的。这样想着，余晓晖追逐的劲头儿更足了。

　　终于爬上最高的山头，余晓晖上气不接下气，无奈地站住，此时，羊肠般的公路就在脚下不远处，像一根软软的皮带，在半山腰上盘了好几圈。

　　爸爸的脚步由远及近，终于跑到余晓晖的身边，站定，兀自倒着气，好半天，才严厉地问道："晓晖，你跑什么？在追什么？"

　　余晓晖回答道："爸爸，咱家的榔头在飞，我在追榔头。"

　　爸爸惊讶道："榔头？什么榔头？榔头不是在我手里吗？"

　　余晓晖低头，果然，那只榔头正攥在爸爸手里。他抬眼，前方不见了那把榔头，他的右手停在半空。

　　"到底怎么回事？"爸爸目光严厉地盯着余晓晖。

　　余晓晖喃喃道："我，我，我实在太想妈妈了！所以，我看错了，我撒谎了……"

　　没等余晓晖说完，只听爸爸"啊"了一声，然后喊道："晓晖，快看。"

　　在不远的拐弯处，公路绳子似的打了一个结，一辆画着红道的长途汽车疾速拐弯，突然歪倒在公路旁，冒起青烟。

　　爸爸拉起余晓晖，顺着山坡，拼命地向下跑，余晓晖感觉自己突然脱离了地面飞起来，飞过灌木丛，飞过小水沟，飞到长途汽车旁。

　　爸爸操起榔头，对着长途汽车的玻璃窗狠命地砸下去，一下，两下，三下，哗，砸碎了一片玻璃，哗，又砸碎了一片玻璃，车里的乘客接二连三地从破碎的车窗里跳出来，三个、五个、八个……

终于，一个熟悉的身影出现了，余晓晖大叫一声：妈妈，然后，猛扑进她的怀里，放声大哭起来……

刎颈之交

黑衣人、白褂子，在寂静的黑夜中对话，看似平静的交流中，却呈现出一部波澜壮阔的故事。

浅云遮月，微风习习。一个黑影好似踩风而来，在屋脊上闪过，然后如鹅毛一般飘落在院中。

堂屋的门开着，他稍作观察，闪身进去，关门。

烛台上跳跃着豆大的光，照出屋里的人，他穿着白褂子，脸露刚毅。

"你来得很是准时！"白褂子声如洪钟，向黑衣人一抱拳，。

"俊卿兄，深夜打扰，过意不去。"黑衣人回礼，随手扯下蒙面。

旁边桌子上已经摆着酒菜，白褂子抬手，请黑衣人落座。然后，白褂子斟满两杯酒，屋里瞬间充满了奇异的香气。

黑衣人啧啧道："俊卿兄，什么酒有如此香气？"

白褂子举杯，两人碰杯干了，这才回答道："这酒乃康百万酒。"

"康百万？就是那个老妇人狼狈逃窜时所赐的酒？"黑衣人愤愤道。

白褂子哈哈大笑，道："老妇人赐名康百万，为何就喝不得？"

"没有这老妇人弃城而逃，八国联军怎么会打进京城？"黑衣人说着，把手中的酒杯用力撴在桌子上。

虚拟回家

白褂子不慌不忙，道："酒本无罪，与名字有何干？前年，我偶然得一坛康店美酒，藏于土窖中舍不得喝。今年方听说此酒被老妇人赐名康百万。不过话说回来，此酒曾经救过我的命。"

"啊？"黑衣人大惊，低声追问："俊卿兄，此话怎讲？"

白褂子娓娓讲道："十天前，一个蟊贼潜进我家欲行偷窃，徒弟们没有发现。他胡乱摸进厨房，没找到值钱的东西，却闻到了酒香，原来，一碗康百万酒放在桌上。这贼贪恋酒香，揭去碗盖，竟然一仰脖给喝了。他哪知道这酒的厉害，喝完才迈出几步，就倒在柴窝里，很快睡着了。等他醒来，突然发现外面溜进来两个人，他吓得躲在柴窝里不敢动弹，那两人偷偷嘀咕了一会儿，把什么东西倒来倒去，然后转身溜了。这蟊贼还算有良心，他听不懂他们说的什么，但总感觉不像中国话，所以他没逃跑。天亮后，他大大方方走出厨房，叫醒了徒弟们去看，这锅里和米缸里，居然被人下了毒。通过蟊贼的描述，我猜想是日本人干的。他们在天津卫输了几次擂台，怀恨在心，想对我和徒弟们下毒手！"

黑衣人听完，长出了一口气："看来，这酒真是好酒，我敬兄长一杯，祝兄长此番擂台，一定长我中华志气，灭灭洋人的威风。只是，我五师兄，看不到你胜利的时刻了！"黑衣人忍将不住，轻声抽泣起来。

白褂子起身，走到黑衣人背后，轻轻拍了拍他的肩膀，道："前日你来了书信，情深意切，我知你与正谊兄情同手足，但你的真正身份，霍某实在不知。"

黑衣人起身，作揖道："俊卿兄，我乃沧州李凤岗师父的小徒弟吴七。冒昧投书，实属无奈。"

白褂子摆摆手，回身坐下，也忍不住以帕拭泪，道："回想一年前，我和正谊老兄还在此屋叙旧，还同睡一床铺盖，谁想到，如今已是阴阳两隔。吴兄，我差人暗摸了好久，找回了正谊兄的那把大刀，只是，这刀刃已经翻卷，据说，正谊兄用此刀，砍倒二十来个洋鬼子。"

白褂子说完，从桌下端起一把大刀，交在吴七手中。吴七捧在手里，睹物思人，举杯泼酒于地上，说道："俊卿兄，我五师兄被洋人砍下头颅，挂于城门之上，多亏俊卿兄连夜赶去，才得以入土为安。无奈时局太乱，今日方得机会前来面见，师父让我代他老人家谢过。"说罢，吴七把大刀放在桌上，倒头跪拜。

白褂子连忙起身搀扶，连连说："使不得，使不得。我一向敬重李师父和正谊兄的为人，焉能不出手相助？只是要下葬时，洋人便开始四处查找，为防不测，我让人只埋下了衣服，把头颅保存在永和冰窖，今天已经取回，还烦劳吴兄交给李师父，就说霍元甲明日登上擂台，誓雪中华之耻。霍某不能前去拜见，在此有礼了！"

说完，霍元甲与吴七饮完最后一杯酒，起身从架子上拿下一个黑漆匣子，用红绸包裹好，放在桌上，两人拜了又拜，这才告别。

吴七拎上匣子，挎上大刀，大步走出堂屋。

乌云散尽，月光如水，撒在那把依旧闪闪发亮的大刀上。刀面上，"大刀王五"四个字在夜色中光芒无限。

寻找丢失的五年

一个少妇，老公像电影描述的那样突然失去联系，但种种迹象表明，他还活着。少妇想尽办法，想找到丈夫失联的原因，从而找到婚姻失败的缘由，但结果，却让人陡生敬意。

虚拟回家

我是一家律师事务所的高级律师。

这天上午，进来一个少妇，三十来岁，高鼻梁，瓜子脸，精制有形的下巴，再配上一对水汪汪的大眼睛——好一个美人胚子！

少妇开门见山，说她和老公王海栋结婚已十年了。前五年相敬如宾，但近五年，她越来越看不懂了。他要么后半夜才回来，要么傍晚到家，吃了饭倒头就睡。如果有电话召唤，无论几点，说走抬腿就走，问他干啥去，他只说有事儿。

更值得怀疑的是，他打电话时总是神神秘秘的小声嘀咕。一旦靠近了，他马上会大声说：我知道了、行、具体明天再说吧等等来应付。待走了，又低声嘀咕起来。

我问："他什么职业？"

少妇答："警察。"

"他的职业特点是不是这样呢？"

她百思不解地摇摇头："刚结婚那会儿，他不是这样的。他有两个月没回家了，我都不知道他睡在哪里？"

我被她说得云里雾里："那你去过他的单位，或者打过他的手机沟通过吗？"

"我打电话到公安分局，接电话的人说没有王海栋这个人。我去找，不让我进去。打他的手机总是关机。"

我明白了，王海栋一定是有外遇了，我处理了太多这样的案子，我的脑海里浮现出一幅场景：一个漂亮的姑娘缠住了王海栋，以死相逼，寸步不离。

我叹了口气问："你们经常吵架吗？"

"好像没吵过，只是交流很少，他回来基本倒头就睡，我们有时一个星期都说不上几句话。"她伤心地说。

　　我对她十二分的同情："如果找到他，而他在外面养了情人，或者有了孩子，你要告他重婚吗？"

　　少妇低声哭起来，单薄的肩膀一耸一耸的，她呜咽着说："我不忍心告他。如果他真的养了情人，怎么过得一点儿都不幸福？他每次回来，都疲惫不堪，倒在床上立刻睡着，有时连衣服都来不及脱。"

　　可怜的善良女人，男人在外面折腾够了，回家时哪还有精力呢？我不想把我的结论讲给她，只是心平气和地把她劝走了。

　　不想起诉，咨询我就失去了意义。但我还是带着几分好奇，给同学刘警官打电话，他查得的结果让我诧异，现在公安系统里的确查无此人，估计是离职了。

　　过两天，少妇居然又来了。

　　她问："赵律师，有没有他的消息？"

　　我劈头盖脸地问："你们的夫妻生活是不是不和谐？"

　　她红了脸，蚊子一样低声说："还行吧！"

　　我告诉她，王海栋应该已经离职了。

　　她惊愕地抬头看我，缓了缓又说："我想知道他在哪儿，他恨我、恨这个家都可以，可他不应该不想儿子。如果他想自由，我可以给他自由，我不是不讲理的女人。"

　　面对如此固执的女人，除了舍脸找人帮忙，我没有别的办法。

　　我又给刘警官打电话，央他一定不惜任何手段找到王海栋。

　　漫长的等待中，少妇的眼睛里噙满了泪水，她像犯了错误的小学生，痴痴地等着老师的批评，却不知道自己到底犯了什么错误。

　　电话铃声突然响起，是刘警官，他只吐出三个字："找到了。"

　　"谢天谢地！"我长出一口气，向少妇做了个 OK 的手势。

　　"你一定要保密，我和我托的人已经违反纪律了。五年前，王海栋调市缉毒大队工作了，每天周旋在毒贩和吸毒者中间，为了他们的安全，我市公安系统删除了所有缉毒警察的公开信息。王海栋之所以没跟家里，估计是怕家人担惊受怕。"

"啊？"

"三个月前，发现了一个扎根我市的网上特大贩毒团伙，为了端掉它，王海栋作为卧底打入毒贩内部，基于保护他的人身安全考虑，队里没有给他任何通信设备和定位装置。他一个月以前跟队里联系过一次，说毒贩头目对他深信不疑，马上带他去'金三角'购买一大批毒品，等回来时，就可以将贩毒团伙一网打尽了。这之后他杳无音信，没再跟队里联系过。但大家相信，王海栋是一个临危不乱、言而有信的人，一定还活着，一定能圆满完成任务……"

我的手举着电话停在半空。

有关飘雪的记忆

一个因车祸失去记忆的病人，很多人在帮助他寻找故乡。而他的故乡，仿佛生活在神话，而使神话复活的那些人，又是那样令人尊敬。这里的故乡何止是故乡，也代表了乡愁的回归。

精神科病房是全院最好的，有一个绿树环绕的院子，静谧而温馨。这天中午上班，我发现院子里坐着一个年轻人。

没等我问，护士迎上来低声说："车祸后失忆症患者，上午从外科病房转来的。"

我见病历上写着无名氏，就问："怎么连名字都没有？家属呢？"

护士摇头："外科说不知道他叫什么,他三个亲人在车祸中遇难了。"

"没有别的亲属了?"我又问。

"赵大主治医生,这些我都问过了,所有证件都烧没了,他又不知道自己的名字,交警队说无从查起,联系不上。"

不知道姓名,没有亲属陪护,这种康复训练我头一遭遇到。

他的情绪逐渐稳定,每天吃得香睡得着。偶尔醒后,他会恍然地说:"我刚才做了一个梦,一场车祸,血淋淋的。"

但他马上发现那不是梦,他的腿上和脖子上尽是玻璃划过的一道道沟壑,胳膊上缝过很多针,愈后的伤疤像一条条黝黑的蚯蚓。

我试着问:"想起老家在哪儿吗?"

他摇头:"不记得。"

一问一答中,日月穿梭,白驹过隙。

冬天来了,天上飘起鹅毛大雪。

他扒着窗台,忽然兴奋异常:"赵医生,我记起来了,老家也会下雪。有雪,就能找到我的老家。"

我却怅然:北方都下雪,茫茫数千公里,哪儿去找?

"还能记起其他特征吗?"我不死心地问。

他摇摇头:"不记得。"一会儿,他乐不可支地跑进院子里堆雪人,又和柳树打起雪仗。

一晃又过了清明节。

一天下午,晚报记者来采访,乜见他,惊讶地问:"他怎么会在这里?"

我忙问:"你认识?他得了失忆症在康复呢。"

记者说:"有印象。车祸后我到现场,他刚从大客车里爬出来,身上全是血，他拉着我的手哭，似乎说他叫什么。然后，车里陆续拉出尸体，当发现亲人都死了时，他就一头栽倒了。可惜，做完那次采访，我就出国了。"

我看到了一线希望："能查到他叫什么吗？"

记者拿出采访本，查了好一会儿说："尹絮文。"

我把情况详细跟记者叨咕了一遍，然后问："能找到他的亲人吗？不行我找交警队。"

记者拍着胸脯说："包在我身上，联系好第一时间告诉你。"

过了一周，记者来电：找到了。我高兴得跳起来。

不过，他马上又说："他弟弟、妻子、女儿都在那次车祸中死了。他妻子是独女，父母早逝。现在，他唯一的亲人就是他母亲，她一直以为他们几个在广州打工呢。我跟村支书沟通了相关情况，支书说老太太身体不好，不让告诉，说先让尹絮文回去。"

我做不了主，去找副院长，听完汇报，他也觉得病人回老家对康复有好处，就同意我去送。约好交警队的同志和记者同去，第二天一早出发。

记者轻车熟路，带我们坐火车，倒汽车，到县城后打一辆面的直奔山里。跑了几十公里开始进山，路越来越窄，坡越来越陡，翻过一道山梁，记者说："拐了弯儿就到。"

再看尹絮文，他好奇地望着窗外的一切，感觉到新鲜和刺激。

我问："你认识这里吗？"他摇摇头。

记者低声说："情况村支书都知道了，他说，叶落归根，回来吧，回来了总有办法！"

说话间，车子拐过一块巨石，前方山脚下热热闹闹地出现了一处村落。马路变得笔直，两边是清一色的梨树，洁白的梨花密密匝匝开满枝头，莛蔓的枝叶相互交错，架出一条不宽的林荫道。

车子倏地停下，村支书站在车旁，笑呵呵地拉住了尹絮文的手："絮文，还认得王叔不？"尹絮文陌生地看着支书，眼神里充满着迷茫和困惑，支书又指了指前方村口，他还是摇头。

支书朝前方挥挥手，每棵梨树后面都探出一个后生的脑袋，大家这才注意到树上挂满了鞭炮。

还没琢磨明白，后生们纷纷点着了引信，鞭炮声响成一片，树枝乱颤，烟雾中腾起一阵旋风。

忽地，满眼的梨花随风飞舞起来，天女散花一般。

林荫道陡然变成了一幅画，画中飘起鹅毛大雪。

尹絮文的眼睛蓦地亮了，他兴奋地跳起来，激情澎湃地大喊："快看，下雪了，这就是我的老家。"

他欢快得像一个孩子，蹦蹦跳跳地向村口奔去……

第二辑　女妖精

　　生活和工作中，会碰到很多美女，有沉鱼落雁的美女，有资历深厚的美女，有卓尔不群的美女，而这一组小说中的美女，是超凡脱俗的美女，美女近乎妖，于是，才有了褒义的"女妖精"。

女神的战争

　　美女是局里男人们的女神，局长精心给女神编织了一个"局"，而女神对此全然不知，成了"局"里的一枚棋子。并非因为设局者特别高明，而是内心的欲望如毒蛇，会令一个女神堕落为凡人……

　　某局是男人的世界，仅有的几个女人弥足珍贵。

　　这种珍贵往往是品质不高的代名词，但杨歌的存在否定了这种必然联系。

　　她肤白、鼻高、嘴翘、眼媚，归纳一下就是特别漂亮。她不仅漂亮，气质也佳，举手投足间显露出高贵、妩媚和性感，让女人嫉妒，让男人垂涎。

大家背地里叫她女神，她是男人们梦里的主角，当然也包括局长。

局长惜香怜玉，对杨歌格外关照，极度欣赏的目光中含义丰富，杨歌深知其意，却佯装不懂。

外面应酬，需要有美女作陪时，局长会带上杨歌，但杨歌的酒量不行，只能当花瓶。

这次，杨歌勉强喝了三杯就有了些许醉意，她推辞不再喝了。此时，局长提出替女神喝酒，客人们一片叫好声。最后，又一次把局长喝得云里雾里。

送走客人，局长双眼迷离，胳膊悠悠地搭在杨歌软软的肩上。杨歌泥鳅似的向后一溜，便把那只胳膊甩到办公室主任的肩上。局长在主任的耳边长叹一声：真是个人精！

忽然一天，局里又来了一个异常标致的女人，她叫刘果，据说原来是空姐。她身材火辣，皮肤白皙粉嫩，手如鲜葱出水，牙齿冰清玉洁，一双含情脉脉的眼睛忽闪忽闪地说着话。

男人们的目光全被刘果吸引过去，杨歌反倒成了绿叶。只见刘果迈着优雅的步子，翘起的臀部一颤一颤的，伴着有节奏的步点儿扭出千姿百态，男人们随着这曼妙的身姿做转头运动。连女人们已被这种景致所折服，忘了嫉妒是女人的本能。

杨歌暗暗生气，不住地咳嗽，但大家都在投入地欣赏，无人理她。

更让她难堪的是下一次饭局。

局长这次带上杨歌和刘果一起去。酒桌上，刘果笑靥如花，频频举杯，收放自如。杨歌自知酒量不行，强撑着喝下六杯，差一点儿现场直播，忙跑到洗手间里翻江倒海，与马桶亲热地抱成一团，回来时梨花带雨。再看刘果面若桃花，仍旧谈笑风生，此刻正挽着局长的胳膊，腻味劲儿让人脸红。

杨歌怒火攻心，跑上前，端起局长的杯子，一仰头喝下去，旋即无法坚持，又跑回洗手间，吐得昏天黑地。

办公室主任打了电话，杨歌的老公过来接她，局长送到门口，连声说，对不住，对不住。

第二天，杨歌趴在床上，浑身没有半点儿力气，只好打电话请假。

临近中午，有人敲门，杨歌爬起开门，居然是局长，他说，开会顺路，探望一下酒桌上视死如归的勇士！

他给杨歌带来了一大包补品，还有一条蓝色的裙子。杨歌收下补品，谢绝裙子。局长说，裙子是朋友从法国带回来的，家人穿不了，你不收，不是逼着我送给刘果吗？

转天上班，杨歌穿上那条裙子，像一朵苍翠欲滴的鸢尾花绽放在大家面前，那裙子与她天生地造的搭，竟一下子把刘果比了下去。

下个周五，又招待客人，局长在吃中药，不能喝酒，两个女神则暗暗铆足了劲儿。

这回，杨歌以弱者的姿态主动出击，娇滴滴地与客人一番沟通，让对方高兴地喝下满杯，自己则轻轻抿上一口，这种战术貌似"文打"。而刘果照例一对一的平端，大刀阔斧、切瓜砍菜一般，仍旧"武打"。酒过三巡，"文打"以高雅文明和细腻情感胜出，客人兴高采烈，杨歌志得意满。

酒宴散去，刘果很是失落，一声再见后打车走了。

局长说："女神，我顺路送你。"望着远去的出租车，杨歌高高兴兴上了车。局长开车上路，却直奔五星级的滨城大酒店。

进了套房，局长紧紧地把杨歌抱住，杨歌有些手足无措。朦胧中，她乜见刘果跳出来站在一旁，款款深深地想把局长夺走。杨歌抛开羞涩，不顾一切地抱紧了局长。

局长爱怜地把杨歌轻轻放在床上，做成了好事。

周一上班，杨歌满面春风地迈进办公室。可一直到中午，她都没见刘果的影子。

她问同事，刘果呢？大家摇摇头，不知道呀！

她问办公室主任，主任推了推厚厚的眼镜，摇摇头说，不知道呀！

以后，刘果再也没有出现，她的办公桌上干干净净，似乎不曾有人在这里工作过。

再一次与局长温存完，杨歌问局长，刘果呢？局长一愣，随即摇摇头，不知道呀！

妖女传说

众口铄金，积毁销骨，在流言面前，正直人的努力有时微不足道，但事实终究源于真相，而不是乱象。

局里新来了一位美女，叫杨歌。她身材火辣，皮肤白皙，说话轻声慢语，一双大大的眼睛脉脉含情。她甫一出现，那婀娜多姿的身影瞬间就走进了男人们的眼里，走进了心里，更走进了梦里。

当然杨歌也走进了女人们的眼里。但女人们的眼睛里轻易揉不进沙子，几天之后，大家果然发现了问题。

最先忍不住的是刘姐，她自言自语道，咱们赵局长刚晋升几天，偏偏她就来了呢？

戴眼镜的李姐听得清楚，瞪圆了眼睛，恍然大悟道，哎呀，我怎么就没想到呢？刘姐，你的意思是他们？

刘姐摇头，我没什么意思？

这可把李姐弄糊涂了，没什么意思是什么意思？

刘姐斩钉截铁，没有什么意思就是没意思。

小麦进局里快三年了，说话像机关枪，不就是合适的时间调来合适的人嘛！你们干吗打哑谜？我还知道杨歌是湖北人呢！

刘姐又收获了新的证据，笑容里的内容立刻丰富起来，这就对了，局长是武汉人。

李姐不解地问，赵立年龄那么大了，个子又不高？

刘姐斜乜了李姐一眼，你的层次可真低，人家追求的是内涵和权力！

众人同时睁大了眼睛，齐声说，哦！然后，转身各干各的事。

以后，杨歌越来越受赵局长重用——写材料、搞接待、管内勤，她像一只陀螺，被支配得团团转，没个停歇。白天忙不过来，还要经常加班。

加班？嘿嘿，加班？女人们加重了语气，各自强调了一遍，然后会心地笑了。

没有不透风的墙。过了半年，杨歌的老公叶北听到了局里传出的风言风语。叶北起初并不相信，但暗暗观察一段时间后，却发现问题其实很严重：杨歌往往很晚回来，每次都说加班。她在床上也冷冰冰的，经常推说累得不行。但叶北没有直接证据，他开始利用下班时间去盯梢。盯了才两天，计划中止了。

那天晚上，纪委网站登出了局长赵立被带走协助调查的消息。

消息以光速传播开来，叶北知道了，办公室的女人们也知道了。

女人们朋友群里炸了窝，七嘴八舌，议论纷纷，激起的浪花一圈又一圈，一浪高过一浪。但引领话题的关键词不是赵立，而是杨歌。

有人说，明天，杨肯定就会被带走调查，会不会出现在报纸头条呢？

有人道，通报里说，赵立为了情人贪污受贿，啧啧！那杨干吗还疯狂工作，给谁看呢？……

第二天，杨歌准时上班，她一进办公室，女人们大汗，纷纷心惊肉跳地问自己，是人是鬼？

杨歌若无其事，一如既往和大家打招呼，然后坐在椅子上吃早点。

为啥没被带走调查呢？刘姐用手推了推旁边的李姐，低声问她，也是在问自己。

李姐推了推眼镜，蛮有把握地分析道，赵立不配合调查呗？需要时间，别着急，早晚的事儿。

在人们热切的期盼中，两个月过去了，赵立被判处有期徒刑二十年，杨歌仍旧平安无事，天天上班，工作热情不减。

新任命的钱局长到任了，他四十岁出头，儒雅帅气，处事果断。

他上任不久，杨歌身上的担子更重了，天天忙得连轴转。

刘姐坐在办公室眉头紧锁，总觉得哪里不对。她是一个肯钻研的人，上网搜索了两天，终于有了重大发现，禁不住尖叫起来。

大家围拢过来，问她怎么了？刘姐看杨歌不在，指了指自己的电脑低声说，你们看，查到了，杨歌2010年毕业于北华大学。

小麦几乎叫出声来，啊！新局长九四年从北华大学毕业！

刘姐长长松了一口气，脸上骄傲之花盛开，趾高气扬道，不出所料吧？

李姐瞪圆了眼睛，对刘姐的崇拜无以复加，刘姐，真有你的，原来是这样！

小麦深沉地长叹了一声，人精近乎妖！原来江湖如此险恶，妖女如此处心积虑，现实版的潜伏！

不远处，坐着一位刚刚毕业考公务员进来的研究生，她带着浅浅的羞涩，凑过来问道，你们在说什么呢？我怎么听不懂？

刘姐摆摆手，我可什么都没说。

李姐装作没听见，热情地攀住了刘姐的肩膀。

小麦自顾自收拾桌子上乱七八糟的杂物，头也不抬。

其他人是办公室里的配角，都转身缩回到各自的隔断里，装作很忙。

研究生一脸茫然，不知道为什么没有人搭理她。

丢丢球

杨歌又出场了，一个本来可以靠脸蛋儿吃饭的人，却偏偏才华横溢，工作出众，能不遭人嫉妒？于是丢丢球成为局里的紧俏品……

杨歌是局里众多女性中，最鹤立鸡群的美女，她被男人们暗地里推选为"三最局花"——身材最好，五官最靓，气质最佳。更为可贵的是，杨歌工作起来还特别努力，完全不是那种靠脸蛋儿混日子装可怜的人。

杨歌走路富有特点，优雅得别人想学都学不来，像跳舞么？像走T台么？像又似乎不像，却那么优雅自然且美感十足，又凸又翘浑圆饱满的臀部扭得风情万种，所有人的目光都被牢牢地吸引过来。

这天上班，杨歌又是妩媚多姿地扭进来，但腰部似乎有变化。女人们定睛细看，她的坤包上多了一对毛茸茸的球球。那球球如水晶梨一般大小，随着杨歌的"猫步"飘来荡去。

小田姑娘仰起脸来，笑着问杨歌："杨姐，你那坤包上面吊的什么呀？"

杨歌甜甜地一笑，回应道："一对丢丢球。"

丢丢球？多么美的名字呀！小田啧啧赞叹——可惜杨歌已经走远并拐了弯，小田的刻意奉承没有找到目标，径直撞在玻璃窗上，反弹进了周围一圈女人们的耳朵里。

已过中年的刘姐低声道："哎－哟－喂，还丢丢球，不就是两个破毛毛球嘛！有什么好看的，批发市场里有的是。"

刘姐来局里近二十年，说话具有权威性，此言一出，发了口令一般，周围隔断里探出来的脑袋立刻都缩了回去。

下午，主任召集办公室员工开会，局长应邀出席。

杨歌去外面办事，匆匆赶回来坐下，把坤包轻轻放到会议桌上。局长斜乜见那一对球球，好奇地问道："杨歌，那是什么呀？"

杨歌回答："局长，这是新款坤包饰物，一对丢丢球。"

局长面露喜色："丢丢球？多么好听而有趣的名字！"

第二天，小田的包上多了一样东西——丢丢球。头天晚上她去了新东安市场，楼上楼下找了好多家店才淘到的。有了丢丢球，小田身上似乎添了几分活力，工作也有使不完的劲儿。

刘姐怒其不争地哼了一声，对旁边戴眼镜的李姐低声说："跟屁虫，一点自己的创意都没有。"李姐会意一笑，低声附和道："我猜，小田想在局长那里争取印象分呢！"刘姐拖长尾音嘿嘿一笑，其中含义颇为丰富。

月底，绩效考评结果出来，大家都傻眼了——杨歌和小田的绩效比大家高出一截。

一夜之间，女人们的包上都装上了丢丢球，大小不一，颜色各异，像万国制造的丢丢球凑起来搞博览会。

又到了月底，尽管杨歌的绩效还是排名第一，但大家和她的差距大大缩小了，每个人的奖金都比上个月增加了一截。于是，这丢丢球就有了些许传奇的味道。然而，办公室这帮资深美女并非常人，皆为千年炼成的"狐狸"，对传奇嗤之以鼻，反而一个不知来源的小道消息在悄悄地流传，局长对杨歌有意思或者已经有了意思！送个丢丢球算啥？别墅都不在话下。

但不管怎样，以刘姐为代表的资深美女们成功地维护了自身利益，真金白银揣进口袋里，管它丢丢球还是丢不丢球，挂在包上又没什么重量，挂着挂着就习以为常了。

白驹过隙，日月穿梭。几个月后的周五晚上，一个爆炸新闻传来：局长被纪委带走调查了。消息被摘录下来，在朋友圈迅速传播，那速度比燃着的鞭炮引信还快。

周一再上班，女人们的包包上不约而同摘去了丢丢球，办公室里也没有见到杨歌的影子。大家拍了拍表面光溜溜的包，瞥见杨歌的位置上空空如也，都会心地笑了。

李姐上网左搜右找，怎么都不见杨歌的消息，哪怕是花边儿新闻都没有，她正急得抓耳挠腮，杨歌拖着皮箱走进来，跟大家热情地打招呼——原来她周末出差了。

一群人眼睛瞪得跟灯泡似的，嘴巴张开着，半天合不拢。

又过了半个月，新局长上任。出乎意料的是，杨歌不但没有被带走调查，反而更加忙碌，像一只断了线的风筝，在局办公楼里上下翻飞。

月底，新局长亲自考评，绩效结果出来，杨歌的奖金独占鳌头，比第二名高出一大截。

那一对丢丢球依旧挂在杨歌的包上，在人们的眼前晃来晃去。但大家已经熟视无睹，似乎把它们彻底遗忘了。

诱人的华贵

有时，人生活在扭曲之中，人和环境是背离的，远远没有想象的那么和谐。一个小资生活的女作者，她的生活环境会是什么样子的？也许，这里给你意外的答案。

最近，《悠然》杂志副主编麦奇连续编发了女作者心语的两篇散文，从简介看，她写作时间不长，发表的文字也不多。但作品中所描绘的情调生活，夕阳、藤椅、咖啡、草地，场景如诗如画，雾绕烟缠，华贵逼人，令见多识广的麦奇怦然心动。

一天下午，麦奇外出做专访，路过兰亭公馆小区时，他突然想去看看这位女作者。

有了记者证，走进这个高档社区没费太多周折，他顺利找到作者留下的地址。

那是一栋联排别墅，门前用乌青色的栅栏围起，碧草如毯，花团锦簇，蔓藤斜挂，这就是作者笔下的屋檐世界，一股清新的泥土气息缓缓袭来，让人感觉舒适而惬意。

麦奇穿过栅栏，快步上前，按响了门铃。

房门吱的一声打开，闪出一个中年妇女，麦奇连忙自报家门："我是记者，想做一个专题访问。"

虚拟回家

妇女还没有说话，传来嗒嗒的声响，楼梯上走下一个雍容华贵的少妇，她漂亮的眼睛清澈而迷人，探照灯一般扫过麦奇的脸，随口问道："冯妈，是谁呀？"

麦奇有些兴奋地举了举记者证："我是《悠然》杂志的记者，想做一个专题访谈。"

出乎预料，"悠然"两个字并没有让少妇有什么特别的反应，只淡淡地说道："冯妈，让他进来吧。"

坐到沙发上，少妇让冯妈烧两杯咖啡来。麦奇开始按照提纲做访问，无非是对杂志的看法，以及有关本市交通、环境、广场舞之类的话题，少妇的气质果然不同凡响，对《悠然》杂志非常认可，回答问题亦井井有条、切中要害，令麦奇内心暗暗称赞。

一会儿，冯妈煮好了咖啡，轻轻放到茶几上，转身离去。

少妇端起杯子，嗅了嗅，轻声说道："麦主编，抱歉，保姆不太懂这个咖啡，我让她再煮一下，您稍坐。"说罢，起身，端起咖啡去了厨房。

接着，麦奇听见女主人低声的呵斥："我跟你说过多少遍了？这花舍咖啡过滤完，加入牛奶，还要再煮开一次，你怎么就记不住呢？"

然后，传来冯妈低三下四的声音："对不起，对不起，我又忘了，我马上就煮。"

麦奇忽然觉得梦想的肥皂泡破了，女神在自己心目中的形象轰然倒塌。

少妇款款回来，瞥见麦奇脸上犹在袅袅的诧异，连忙解释道："抱歉，冯妈是我们老家的远房亲戚，原来在小县城里当小学老师，她女儿上高中来市里借读，她是跟过来在这里陪读的，很多城市的生活还不太习惯，总是出差错。"

麦奇尴尬地点点头，女神的文字委婉，令人神魂颠倒，但她生活中的两面性昭然若揭，他已经没有太多的兴趣听下去。

匆匆品完咖啡，麦奇起身告辞，他已经不再关心少妇为什么不愿意跟他交流写作，现在，他唯一的想法就是尽快逃离。

别墅的门咚的一声关上，麦奇站定，头上渗出密密匝匝的汗珠，他拿出纸巾擦了又擦，内心暗暗庆幸自己没有表达对她的好感，否则……

忽然，耳边传来女主人高声训斥："你看看，又把这件披肩弄得一团糟，这是我从法国带回来的，你晓不晓得？什么素质，真不该让你留下来！"

"是您告诉我这么洗的，那说明书是法文的，我又看不懂……"冯妈低声辩解，但后面的声音太低，麦奇听不清了。

麦奇摇摇头，转身走向小区大门。

阳光穿过蓬勃的树冠，在小区的马路上铺陈出一片万花筒，麦奇感觉美好的世界破碎得无法捡拾，肆意地流淌着，继而被自己蓄意踩在脚下，内心涌动着报复的快感。

走近小区大门，麦奇遗憾地捋了捋头发和脖子，却蓦地发现脖子上空空如也——他竟把记者证落在别墅里。

麦奇沮丧地往回走，刚刚走到一半，就乜见别墅的门开了，冯妈跑出来，迎着他挥挥手。

走到近前，气喘吁吁的冯妈双手托起记者证递上，然后道："麦主编您好，刚才不方便说，我就是心语。"

第三辑　哈哈镜

职场中，群众的眼睛就是一面镜子。群众的眼睛是雪亮的，镜子是一尘不染的，可以反映出领导的鞠躬尽瘁，也能反映出领导的丑态百出。

且看——

层出不穷

给领导写稿子不是一个轻松的事情，尤其面对领导可能认错字儿的情况下。而面对层出不穷这个如此简单的成语，又会衍生出怎样的故事？

我原来是初中语文老师，通过笔试和面试，顺利地成了公务员，被分到县农业局工作，主要负责收发公文和写材料。

临近五一劳动节，办公室刘主任下达任务，让我写一篇讲话稿，供局长在表彰大会上使用。我手到擒来，不到一天时间，就洋洋洒洒挥就满满四页纸，交给刘主任。

刘主任仔细审阅后，把带着修改标记的稿子交还给我。我翻开一看，他对重点工作安排顺序做了调整，我很快修改完了。

但他还在不胜枚举的"枚"字上做了一个"猪尾巴"的标记，旁边还画了一个问号。我研究了半天，没看懂是什么意思，但又不好问刘主任。等到下班以后，我给表哥打去电话。

表哥是邻县水利局的副局长，在官场浸淫多年，听我讲完，他在电话那端哈哈大笑起来："你真是个书呆子，你们主任的意思是他拿不准，让你慎用。"

"什么叫拿不准、慎用？"我仍旧一头雾水。

表哥恨铁不成钢地长叹一声："唉，你怎么一点儿都不开窍呢？就是说他拿不准这个'枚'字你们局长认不认识，怕念不对，他又没法儿向局长求证，你不用这个字就是了。"

一语惊醒梦中人，放下电话，我把不胜枚举这个词换成了数不胜数。第二天把修改稿交给主任，果然顺利过关。

会议如期举行。在热烈的掌声中，局长开始讲话。

看得出来，我的稿子写得很成功，与会者听得兴致盎然。讲到农业战线乐于奉献的例子时，局长念道："自开展向劳动模范学习以来，我们农业战线上涌现了很多爱岗敬业、乐于奉献的先进集体和个人，这样的例子树不胜树……"

局长居然把数不胜数念成"树不胜树"，刘主任和我都忽略了"数"是一个多音字。瞬间大汗，瀑布般淌下来，洇湿了我的白衬衫。

幸亏上级三令五申强调厉行节约，除了主席台上的领导，下面只有刘主任手里有纸质的讲话稿。主席台上的人没这个胆量，开会的人只能拿耳朵听，没明白是咋回事儿，所以才没引发哄堂大笑。只是刘主任回过头来，用辛辣的目光狠狠剜了我一眼。

我如坐针毡。散会后，刘主任不出所料地来到办公室，把材料摔在我的桌子上："问题你也清楚了，下不为例。"

一直无会，转眼到了八一建军节。农业系统转业军人不少，按惯例，局里要召开系统的转业军人表彰大会。果然，提前一周，刘主任下达了任务，写一篇转业军人表彰大会用的讲话稿。

有了上次的教训，这回我写稿子时放慢了速度，小心翼翼地完成初稿后，我又认真地推敲好几遍，其中有一处形容数量极多，我再也不敢用不胜枚举和数不胜数，改成了层出不穷。写好了稿子，我打印出来，拿回家，让读小学四年级的儿子从头到尾念了一遍，等到儿子行云流水、毫无障碍地读完，我悬着的心才放下来。

第二天，稿子交给刘主任，居然一次通过，还得到了刘主任的口头表扬。

建军节那天上午，局长先去县政府参加了表彰大会，他获得了军转安置先进管理者荣誉称号，还得到了两千块钱的奖金。没当上先进的林业、水利、环卫等局的局长们怎肯轻易放过他，11点半会议结束，局长出门就被拦住，让他请客。局长没有办法，带上一行人赶到聚仙楼小酌。局长喝了半斤高度白酒，结完账，这才脱身。

下午两点，局长风尘仆仆赶回局里，转业军人表彰大会准时召开。

局长脸颊微红，显得意气风发，讲起话来依旧有板有眼，一字一顿，铿锵有力。讲到高潮处，局长异常动容地说道："在我们农业战线上，农垦系统工作的转业军人就是楷模。他们转业后不计较生活条件，艰苦创业，成功打了一场翻身仗，这样的先进事迹很多，层出不穷……"

这时，酒精突然闹鬼似的往上涌，局长努力睁大了眼睛，却措手不及地打了一个响亮的酒嗝，他连忙掩饰道："啊，啊，这个不穷，当然就是富有喽，富、富有的情况下还能艰苦创业，这的确是我们学习的榜样。对了，层出同志来了没有？来了请站起来，让大家认识认识！"

局长应该住几层

很多单位，分配住房时的楼层靠摇号，运气决定你住几层就住几层。

本文中的人物，都在猜领导的心思，离领导最近的办公室主任，更是近水楼台先得月——可他们都失败了，都没摸清领导到底想住哪一层，最终的结局，让人啼笑皆非……

薛城供电局团购了一栋新建的居民楼作为家属楼。

为分配楼号，专门成立了楼号分配委员会，成员包括：分管后勤的庞副局长、办公室马主任和二十名职工代表。

第一次开会，主题是商量分哪个楼号给一把手张局长。庞副局长和马主任临时有事，没有参加。职工代表们经过充分而认真讨论，认为 8 意味着发，一致决定给张局长留下 808 那套三居室。

向马主任汇报，他把脑袋摇得像拨浪鼓，说，不行，官场上讲究七上八下，给张局长分配八层，简直就是在诅咒他马上下课，局长还不暴跳如雷？马主任当场拍板，给张局长留 707 那套三居室。

秘书立即编写汇报材料，陈述住在 707 的种种好处。马主任拿着材料向庞副局长汇报，庞副局长摇头，说，老马，你跟张局长的时间短，他最讨厌的数字就是 7。

马主任挠挠脑袋，询问道，庞局，那您看咋办？庞副局长没有正面回答，而是说，你们回去再研究研究。

回到办公室，受到"研究研究"的启发，马主任叫来档案助理，让他把张局长近三年的讲话、发言和工作总结都找出来，复印后分发给五位秘书。

秘书们加班加点，用了两天时间，把张局长报告中的数字出现的频率进行了统计，统计结果是局长使用 3 的频率最高。

办公室主任觉得终于有成果了，马上按照给张局长预留三层修改了报告，讲述三层的好处多多。第二天，报告欲上交，但张局长却没来上班，马主任打他的手机也不通，上午该他主持的会议被迫取消。傍晚，省纪委的网站上公布了张局长因严重违纪被调查的消息。

没几天，省电力局任免文件同时下达，张被免去局长职务，庞被任命为局长。

任命文件刚宣布完，马主任就跑回办公室，让五个秘书继续发扬钉子精神，马上搜集整理庞局长的有关讲话、报告和工作总结，从中梳理出庞局长喜爱的数字。

庞局长在薛城供电局工作了近二十年，从副处长、处长到副局长，再到局长，各种报告和文件堆积起来有两尺多高，五个秘书用了一周时间才汇总完，得出数字出现频率前三名为 13、4、6。

可那栋家属楼总共只有 12 层。马主任提出，给庞局长留四层，大家同意。马主任马上安排秘书起草《关于为庞局长预留家属楼四层的报告》，报告中陈述住在四层的多多益处。秘书刚把报告打印出来，没来得及发出去，电话通知到了，省供电局要在薛城供电局召开中层以上紧急会议。

会议由省供电局刘副局长主持，他宣布，省供电局近期接到多份有关庞誓廉的举报信，经局纪委调查核实，庞任副局长期间，贪污腐化，道德败坏，包养情妇。宣布免去其局长职务，由薛城供电局党组书记赵书记任代理局长。

一晃到了年底，家属楼的楼号还是没有下来，楼号分配委员会也没再开会。

职工迟迟拿不到房子，都去催问职工代表，我们当初推举你们当代表，你们得替我们争取利益，哪能坐视不管？代表们又都跑到办公室叨唠，马主任不胜其烦，说道，你们着急，我更着急。这赵局长原来是搞党务工作的，我找到几份报告，里面一个数字都没有，鬼知道应该先给他留几层？

职工代表苦苦哀求，让马主任留七层给赵局长试试，马主任不敢贸然去试，依旧按兵不动。但职工代表锲而不舍，又是送礼，又是盯梢，连续几天折腾得马主任连午饭都吃不上。他没有办法，将预留七层的报告递交上去。交上去第二天就有了消息，马主任被免职，原因不详。

楼号分配问题再无人提起。

两年后，家属楼外墙上爬满的牵牛花，花中又生出青苔。楼顶上长满了及膝深绿油油的青草，有人异想天开地在楼顶养起了兔子。

一天，自省供电局空降而来的新局长打家属楼旁边经过，惊讶在问新提拔的办公室主任，如此繁华的地方，怎么会空置这么一栋楼？也太浪费了！

办公室主任一惊，旋即摇头道，局长，我也不知道这是咋回事儿！

意料之外的循环

一份加班搞定的报告，却引发了多米诺骨牌效应，先后把乔曼、局长、副局长、梁楚、4S店服务生、蓝鸟车司机、妙龄女郎等等人串在一起。各色人等粉墨登场时，仿佛做足了表演的功夫，岂料，最终暗暗出场的局长抢了大家的戏，而引发循环的始作俑者——那份报告，却意外有了归宿。

乔曼整整熬了一夜，终于在上班铃响时，把报告交了李副局长。李副局长简单看了一遍，发现几个错字，用笔改过来，然后带上文件走进刘局长的办公室。

刘局长显得很疲惫，最近市里的会议一个接一个，都要求一把手参加，弄得他困倦难掩。拿过报告，他很快发现最关键的环保总量数据有问题，他把报告摔在桌子上，表情严肃地道："老李，你也是老同志了，这环保总量数据怎么能错呢？你我的乌纱帽可都系在这个数字上了。"李副局长小鸡啄米似的连连点头，他知道，把指标放大了一倍，等于自取灭亡。接着，刘局长高屋建瓴，含沙射影把李副局长批了一顿，大意是：小乔粗心，你怎么也这么粗心？

李副局长气鼓鼓地离开局长办公室，把报告狠狠地扔在乔曼的桌子上，从未有过的粗鲁动作把她吓了一跳。接下来，李副局长毫不客气，把乔曼狠批了一顿。

乔曼满肚子委屈，本来这事是安排给高秘书做的，可高秘书因为忙孩子小升初，把报告的事儿给忘了，到了周日下午，刘局长才发现周二要用的报告还未出炉，就把这上刀山下火海的任务交给乔曼。据说高秘书很有来头，局长们也没有办法。熬了一夜，最后还挨了批，乔曼像憋足了压力的气球，改完了报告就急匆匆回家了。

气球刚进门，老公梁楚正在穿鞋准备上班去。他见乔曼脸色不好，开玩笑道："唉，看来是真加班呀，脸上还带着灯泡的色彩呢！"气球被刺破了，懊恼地发起火："你要是能挣高薪，我至于加班加点吗？烦死了，赶紧走，去去去！"说着，把梁楚推进楼道，然后砰的一声关上了防盗门。

梁楚走进电梯，看着尤在回音袅袅的防盗门，眼前画出一个巨大的问号儿。出了楼门，他心情很不爽地发动轿车，脑袋里还想着刚才的事儿，把前进挡当成倒车挡，车子向前一冲，然后噗噗两声，前轮啃在尖锐的隔离护板上，两只前胎全爆了。

梁楚无奈，骂了一句，又拨通了保险公司的电话，客服小姐的态度还算不错，说马上通知 4S 店来救援。放下电话，梁楚又给律师事务所打电话请假。

等了好一会儿，救援车终于来了，车上拉着两只轮胎，可准备更换时才发现型号和轿车配不上。梁楚气晕了，对来服务的小王吼道："你们怎么回事？我的车是前年在你们店买的，你们也不查查购车记录到底是什么型号？"

小王毫不示弱："我是新来的，我怎么知道？店长通知我换什么样的轮胎，我就带什么轮胎。"

梁楚肚子的火被拱起来了，吼道："这叫什么话？你们还一点儿责任没有了？"接着，不等小王再反驳，他又翻出购车 4S 店强迫搭售保险的事儿絮絮叨叨地讲了一遍，直到拖车赶到才止住。

签完字，小王开来的车留给梁楚代步，他只得上了拖车驾驶室，司机问道："回 4S 店？"小王还沉浸刚才的争吵中，脱口而出："不回 4S 店去哪儿？"

司机被质问得目瞪口呆，更是一头雾水，摇着头驾车驶出小区。司机心里憋着火，脚下发狠，车子发疯似的吼叫着冲上主路，刚过了一个十字路口，一辆摩托车斜刺里杀出，司机慌忙急踩刹车，勉强停住。拖车后面跟着一辆蓝鸟，看到大事不好，赶紧制动，速度逐渐慢下来，但蓝鸟后面的一辆 TT 跑车就没那么幸运了，径直顶在蓝鸟的屁股上，蓝鸟成枪膛里的子弹，被发射出去，又撞上了现代轿车。

拖车司机下车，朝蓝鸟司机喊道："怎么回事？这可是事故车。"小王也嘀咕道："老天，这可是那位麻烦爷爷的车，没事儿找事儿。"

蓝鸟司机气得直喘："你们倒问我怎么回事？你们要是不急刹车呢？"他的话音未落，开 TT 跑车的妙龄女郎走近了，异常不悦地吼道："你们都怎么开车的？"蓝鸟司机回头："跟我有什么关系？是前面那辆车急刹车，你找他去。"

三个司机鸡生蛋、蛋生鸡的吵个没完没了，拖车司机回头看看小王，此刻正抱着肩膀看热闹，他不禁气不打一处来，吼道："你还不打电话报警，在那儿戳着干啥呢？"

几个人的声音越来越高，连打电话报警都要吼着说，女郎忽然不吵了，她担心警察来了，自己势单力薄会吃亏，赶紧发出一条微信：老公，我在 XX 路口追尾了，速来。

过了十分钟，交通队的巡逻车赶到现场，警察下车后开始拍照。这时，一辆奥迪车倏地停在不远处，一个中年人从车上走下来，偷偷向摩登女郎摆摆手，然后靠近交警，低声耳语几句，交警没有说话，暗暗向他挥手示意了一下，然后转头按程序开始调解。警察建议后面两辆车的责任五五开。蓝鸟司机的脑袋摇得像拨浪鼓："我不同意，前车也有责任。另外，刚才我也拍下来有关证据，我怀疑跑车司机找人来干预公正裁决。"说完，再回头，中年人已经不见了踪影。

调解未果，只得留下证据，待交警队综合分析做出结论。

下午，晚报上登出了关于路口交通事故的报道，还配发了中年人摆手的照片——很显然，这是蓝鸟轿车司机的功劳。乔曼拿起报纸不禁一愣："这不是刘局长吗？"

很快，这件事在微博上引发热议，某记者实名认证的微博还推出了话题：权利应该凌驾于司法之上吗？后跟大幅照片。很快，这个话题火爆得一塌糊涂。随后，又有人推波助澜：刘局长和开 TT 跑车的女孩儿是情人关系，两人在某某宾馆前后开房二十六次，报料人随后贴出了开房账单。

次日，刘局长被纪委带走调查。

看到这个消息时，乔曼正在座位上喝咖啡，那份熬夜完成的报告静静地躺在面前的桌子上，那次会议早就取消了。

乔曼起身，这份报告早该用碎纸机碎掉了，她想。

领导的讲话稿

这一组小小说，本质上仿佛告诉我们：领导的讲话稿就是废话的代名词。但实际并非如此，写好讲话稿要字斟句酌，念好讲话稿要认真负责，而处理好讲话稿和实用性的关系、通过讲话稿处好和领导的关系，就成了一门高深莫测的学问。

虚拟回家

（1）表彰会

五一劳动节，A局有一个雷打不动的节目——劳动模范表彰大会。

但刚来的钱局长破旧立新，把推举劳模的重任交给人事、财务、综合、保卫、业务等五位科长组成的评议小组。

离开会只有十分钟了，科长们还没有统一意见，把局长秘书李大立急得满头大汗。进入五分钟倒计时，还没有结果，李大立不得不把讲话稿打印出来，其中留了一个空行，只等填上三位被表彰人的名字。

终于，一条短信跳进李大立的手机，他立刻拔出签字笔，飞快地写下三个人的名字。

此时，钱局长已经迈着矫健的步伐，跨上主席台的台阶，李大立迅速从主席台的另一侧跳上去。钱局长刚刚将屁股放在椅子上，讲话便被端端正正地摆在他面前。

有惊无险，一切顺利。会议按程序有条不紊地进行，当钱局长念到表彰劳模名单的时候，他脱口而出："柳江鸟"。

全场哗然，李大立头上的汗水如瀑布一般涌下，那位会计的名字叫作：柳鸿。

（2）掌声响起来

赵局长从B局调到C局当局长，他发现每次自己讲话时，掌声总是稀稀拉拉，完全没有B局会议上那种气吞山河、排山倒海、摧枯拉朽的气势。

赵局长觉得，原因在写讲话稿的人不行，遂跟办公室王主任提出，更换写稿的秘书。但王主任连连摇头，压低了声音说道："赵局长，秘书可不能换，您不知道，他是咱市政府秘书长的侄子。您提出的问题客观存在，我尽快解决。"

过了几天，再开会时，场面大为改观，赵局长讲话时，掌声有序而热烈，响彻整个大楼。

赵局长心情大悦，但脑海里划了一个大大的问号，不知道王主任用了什么妙手回春之术。

会后，王主任踱进赵局长办公室，询问局长是否满意，赵局长微微点头，称不错。

王主任拿出一份材料，递到赵局长面前，说道："这是新招聘的领掌员王薇的简历，她拥有特级领掌员职业资格证，曾在某电视台春晚任职五年，在业内享有盛誉。"

赵局长啧啧赞叹道："专业人才，奇货可居，焉有不用之理？"

（3）三朝元老

张秘书是公认的 D 局第一笔杆子，二十多年，历经三任局长，撰写的会议材料无数。但直到第三任局长上任，他仍然还只是一个科级秘书。

老张望着镜子里的两鬓清霜，慨叹命运蹉跎，下决心和新来的汪局长搞好关系。很快，老张秘书加强了公关，逐渐与汪局长走近。汪局长对他也越来越信任和依赖，公事、私事都找他去办理。

四十有五的老张秘书焕发了第二春，工作充满激情，讲话稿也随之妙笔生花、妙语连珠，精妙绝伦处让人拍案，一向要求苛刻的汪局长也赞不绝口，老张秘书提拔为副处长指日可待。

这天下午，召开安全生产会，老张又自信满满地打印出一篇讲话稿，只等汪局长到来。可会议该开始了，汪局长却迟迟没有出现，就在大家焦急万分的时候，纪委办案人员走进会场，把老张带走了。

据说，汪局长早晨在家门口被纪委带走协助调查，整个上午，

虚拟回家

他提到最多的名字就是老张秘书。

（4）曲线拯救

郭权双喜临门，MBA 刚刚毕业，又顺利考上公务员，在 E 局任副科长，给魏局长写材料是他的主要任务。

魏局长一向工作敬业，要求严厉，经常夜里 12 点以后才腾出时间看讲话稿，发现不足之处，抓起电话就要求秘书过来，当面聆听教诲，连夜修改，没有强大的身体素质和抗蹂躏的心理素质，当不好他的秘书。前几任秘书都禁不起折磨，纷纷知难而退了。

郭权初来乍到，不知道此规矩，多次在哈欠连天的时候聆听局长的天籁之音，第一篇稿子修了又修，改了又改，像有了漏洞的软件不断地打补丁升级，但数遍之后，魏局长仍不满意。这可急坏了郭权的顶头上司金主任，他大声训斥道："限你两天内必须改好，否则就调整你的工作岗位。"

苦思冥想无良方，郭权约高中同学一起吃饭，拜托大家给出出主意。酒过三巡，一位姓武的同学去走廊里打了一个电话，回来说："此事搞定。"

饭局结束，大家作鸟兽散。将信将疑的郭权刚刚回到家，就接到金处长的电话，告知讲话稿通过，魏局长还口头表扬了郭权。

郭权一头雾水，给武同学打去电话，追问他找到何等神人，能有如此运作能力。起初，武同学不肯解释，最后听郭权急了，才无奈地告之，自己的表妹是魏局长的二奶或者三奶，她打个招呼，会不管用？

（5）退而不休

老刘退休以前，是给领导写讲话稿的秘书，曾经当过办公厅副主任。

可老刘除了会看报纸，能抓住政策的重点，没有啥业余爱好，他的职业生涯完全献给了"写作"事业。

这天，老刘实在无所事事，闲遛到公园一角，发现空地上整整齐齐摆着几列小板凳，十几个老人正襟危坐。前面靠墙的台阶上摆着一张桌子，一个头发花白、领导模样的人举着便携式麦克，讲得正欢。

老刘找个空位置坐下，听"领导"讲话。听了一会儿，原来是廉政工作会议的总结讲话，但讲话稿的水平太差，语言干干巴巴，内容含糊不清，与当前政策严重脱节。老刘控制不住站起身，打断了他："这稿子谁写的？太差了，我手里有一篇讲话稿，你试试。"

说着，他从随身的小包里拿出一个夹子，翻找出三页纸的廉政工作会议总结讲话稿，"领导"大悦，拿过去重新开始讲，果然不同凡响，下面与会者对精彩内容时不时报以热烈的掌声。

"会议"结束，老刘才搞明白这是一个恋会体验场，专门为需要讲话找领导感觉的老人，和愿意听着讲话补充睡眠的老人而准备的。

老刘又找到了上班的感觉，从此，他每天都坚持到公园里写讲话稿，风雨无阻。而每个重温职业生涯的退休领导，都喜欢他撰写的讲话稿。

（6）反八股

市政府转发省里文件，痛批讲话稿八股文的日益盛行，要求各机关即刻清理，认真学习、严肃整改。

F局接到县政府转发的文件后，认真组织全体员工学习，尤其是负责给领导写讲话稿的几位秘书态度十分端正。在反八股的讨论会上，笔杆子们积极发言，反思写稿中的八股病，共同商定改进措施。

依据会议精神，F局对讲话稿进行了全面革新，开始使用脚踏实地、言之有物、简洁亲民的升级版讲话稿，使F局的会议面貌焕然一新。

县政府了解到整改情况后，如获至宝，立即召开了全县主要领导干部"讲话稿反八股动员大会"。会上，F局毫无保留地介绍了讲话稿革新的经验，会上讨论交流热烈，产生了应有的效果。

为扩大宣传，县报全文刊出了县长在"讲话稿反八股动员大会"上的总结讲话，该讲话稿洋洋洒洒，内容生动，引经据典，反思深刻，令人警醒，全文逾十万字，在县报上整整用了三个版面，引发了巨大反响。

大器晚成

兜了那么大一个圈，就是为了升为文联主席？或许答案并不是这样的。

赵青石五十岁时，觉得自己该为退休准备点儿什么了。

彼时，赵青石任副局长，官职说大不大，说小不小，可他心里明白，别看眼下风光，一过五十五岁准时退居二线。

退居二线很可怕，名为二线，实际上跟王侯下野、凤凰拔毛差不多——如日中天的领导变成过季的黄花，官衔变成调研员，不调也不研，约等于普通科员。

当年，赵青石下乡插队时，有唱歌和书法两个爱好，可惜，后来回城上学，接着娶妻生子，爱好相继荒废。

现在，为退休着想，他权衡再三，决定把书法这一爱好再捡起来。

赵青石确实天赋异禀，官场的浸淫也未让他放弃勤奋。经过两年多的苦练，他越来越自信，端详着自己的作品，其功夫早胜于当年。

为了检验成果，他将几幅字寄往外地参赛，居然接连斩获几个奖项，一次比赛的总结会上，还有评委提到他的名字，说书法界又发现了一名新人。

可爱的赵局长闻之大笑，五十有三，如何算新人？韶华流逝之人，大器晚成而已。

当然，书法上的突破不是终极目的，赵青石内心觊觎市文联主席的位子。他盘算了一下，自己马上退居二线，先顺利兼任书法家协会主席，过渡两年，成为文联主席手拿把掐，他能顺利在这个正处级的位置上干到62岁。

方向拟定，赵青石出手了，日夜耕耘中悉心创作的几十幅字，迅速在市、省、国家级的报刊上集中推出，一时间，好评如潮。半年时间，赵青石接待了不下二十次专访。年底，市书法家协会换届，赵青石凭借无与伦比的实力，全票当选为市书法家协会主席。

一年后，赵青石正式退居二线，转任局调研员，仍然享受副处级待遇。

很快，市文联李主席到站下车，准备退休，12月初，市文联召开代表大会，要选举主席。

赵青石心里暗暗比较了一下，市文联各个协会，包括县文联的各级领导，无论成就、威望和级别，没有人是自己的对手。

文联主席一正二十副，正副主席一起选，候选人乌泱乌泱的，名单多达25人，除了在市、县文联比较活跃的人物，还有一些陌生

虚拟回家

的名字，赵青石无暇仔细研究候选人的简历，他在用心构思着当选后的发言稿呢！

前面走过场的介绍，赵青石没有听全，等他接完电话回到会场，已经开始投票了。计票工作顺利结束，市文化局领导宣布选举结果，名不见经传的安塞克当选为市文联主席，赵青石当选为副主席。

安塞克走上主席台，发表了一番热情洋溢的讲话。赵青石备受打击，无心听他讲的什么，只是他的一颦一笑，怎么感觉是那样熟悉。他低头翻看简历，仅写着著名民族歌唱家，为宣传我市的民俗文化发挥了巨大作用。

晚上，新任主席安塞克自掏腰包请副主席们吃饭。酒酣耳热之时，赵青石上前给主席敬酒，安塞克拉住他的手，热情地问道："青石，一晃三十多年了，是不是不认识我了？"

赵青石感觉酒精上涌，抬眼打量安塞克，愈发觉得在哪里见过，但实在想不起来他是谁。

安塞克爽快地笑道："你是贵人多忘事，我就是你插队时的小石头呀！"

赵青石猛然想起来了，自己在东升大队插队，和小石头住得不太远，现在他打扮洋气，自己居然认不出来了。

安塞克又道："安塞克是我的艺名。当年，我和你一样，喜欢唱歌，可惜我是泥腿子出身，不像你，有机会回城里上大学，我只能安心在农村种地。两年前，电视台的选秀节目非常火爆，我报名参加，给自己起了个艺名：安塞克，这名字也是为了宣传老家的草原旅游。那次比赛，我拿了冠军，顺利进入年终总决赛。总决赛上，虽然争冠功亏一篑，但我拿到亚军，这不回来就进文联了。"

听完安塞克的讲述，赵青石点点头，心道：通过选秀，才用了两年时间，也是大器晚成！自己梦想着当文联主席，却兜了八年的圈子！

赵青石若有所思地回到座位上，一个相熟的副主席过来敬酒，杯子一碰，那人低声道："别听安塞克瞎白话，他表弟两个月前刚在省组织部升任干部三处处长，要不，文联主席会是他？"

瓜秧当哭

绿油油的瓜秧，是西瓜丰收的象征。而在某些动了歪脑筋人的眼里，瓜秧居然比西瓜还值钱。但最终，这些形式主义伤害的，是人心。

南华乡的李四是远近闻名的种瓜能手，曾多次夺得南华乡年度瓜王的称号。

但今年的年景不好，催芽种子播下，正赶上持续大旱，西瓜苗大都没有长出来，偶尔顽强出土的幼苗也像缺了水的豆芽菜，不少瓜农被迫翻地，改种了别的作物。

但是李四的脾气倔，发誓宁愿撂荒也不肯翻地。他觉得，翻西瓜地得罪瓜神，以后还能指望有好收成？眼瞅到一直不下雨，李四花钱雇人拉水、浇水，虽然费用不低，但总算长出了七八成苗。

期盼中，西瓜蛋儿慢慢做下，逐渐长成小碗一般大小，毛茸茸泛着嫩绿，长势十分喜人，李四看在眼里美在心头。

这天上午，李四正在西瓜地里锄草。忽然，马路上驶来了一辆小轿车，车子跑到李四家的地头，倏地停下，走下几个人，其中一个中年人远远地向李四打招呼。

李四一愣，赶紧扔下锄头走过去，中年人拉住李四沾满泥土的手：
"老李，不认识我了？"李四仔细端详，脑海中忽然蹿出一串问号——
这不是何副乡长吗？幸亏嘴上反应快，慌忙答道："何乡长，咋能
不记得？去年俺的瓜王奖杯还是你发的呢！"

何乡长解释道："老李，无事不登三宝殿，这次来，是县里看
中了你的这些西瓜。"原来是为西瓜而来，但现在西瓜刚刚做蛋儿，
预订也太早了点儿，李四一头雾水，追问道："乡长，现在预订西
瓜可早了点儿，等西瓜熟了，要多少打电话，俺送过去。"

何乡长摆摆手说："老李，县政府可不能等西瓜熟了，现在就要，
价钱不会亏了你，按你这西瓜地往年的最高产量和价格算账。"

李四还想追问，但一听给出这样的高价格，又省去了侍弄的工
夫和秋收的劳累，哪有不同意的道理？于是，他把后面的问号当成
红烧肉咽进肚子里。

按面积，很快商定了价格，戴眼镜的会计给李四开了一张白条，
约定一周后去乡政府领钱。

李四的瓜田有十多亩，他打电话唤来几个村民，一同帮忙拔瓜
秧。看着油绿娇嫩的瓜秧连根拔起，拽得李四的心窝直疼，但兜里那张
黑字红章的白条，成了愈合这疼痛的速效药。

瓜秧堆在田垄的两头，跟小山儿似的，一辆货车跑来好几趟才
把瓜秧全都拉走。

傍晚，李四回家，老伴才知道他把西瓜卖了，不禁责备道："他
们买瓜秧子和嫩瓜蛋儿做个啥？该不会是骗子吧？"

李四摇摇头："何乡长咋会是骗子呢？"

可老伴还是觉得这事儿不靠谱，又追问："万一他们不给钱呢？

给儿子打电话问问吧？"

儿子在县城里教书，最近工作忙得很，李四赶紧阻止道："儿子最近正忙呢，你可不许打电话。再说咋会呢？这可盖着乡政府的大红章呢！"话虽这么说，李四心里却一直打鼓——咋会有这样的好事儿呢？

惴惴不安中过了一周，李四起大早直奔乡政府。出乎意料，他非常顺利地领到了瓜钱，一块石头落了地，喜上眉梢起来。

转天，县电视台播出新闻，说前一段时间，省林业厅和环保厅领导来我县视察，对我县绿化工作的突飞猛进提出表扬。接着，电视上播送了领导视察和飞机航拍的画面，紧挨大漠原本光秃秃的荒山，远远望去，一片绿意盎然，生机勃勃。

来年风沙肯定小了——李四这样想着，不禁抿嘴乐了，但突然又觉得不对，一个月前，自己曾经路过那个地方，还是光秃秃的一片荒山，怎么这么快就栽满了树呢？

但这咸吃萝卜淡操心的事儿，并没有勾起李四打破砂锅问到底的劲头。但瓜田不需要侍弄，他就是一个无业游民，没所事事的他还是习惯地走向瓜田。

这时，手机响了，是儿子打来的，电话里唠叨了一会儿，李四忽然想起荒山绿化的事儿，顺口问了儿子，儿子用鼻子哼了一声："爹，哪有真的绿化呀？听我同学说，今年呀，咱们县的西瓜地、地瓜地、马铃薯地被挖得片甲不留，全都衣服似的披在荒山上，连郊区菜园里的倭瓜秧全被挖走了。"

李四黯然挂了电话，眼前被剃成秃瓢儿的土地，像灯泡一样刺眼。

李四蹲在地上，长长地"嗨"了一声。然后，又猛地站起，内心涌动起骂人的冲动。

正午的太阳火辣辣

王校长是一个负责的校长，可在某些官僚面前，仅是一个跑腿儿的角色。

为准备秋季运动会，九年制学校王校长去找乡长筹款。

乡长听完汇报，让王校长回去等消息。

过了一周，乡长回电话，说县里批了一万块钱，同时，分管文教的副县长将莅临运动会开幕式。王校长一听就急了："费用那么少，就没打算搞开幕式啊！要不搞个入场仪式算了。"

乡长说："那可不行！领导这么重视，不搞得像模像样怎么行？以后咱乡的费用申请还能批吗？你当校长也有几年了，怎么一点儿大局观都没有？"

王校长被批得哑口无言，乡长又说："这样吧，乡里再给四千，省着点用，中午还要准备一顿饭哩！"

放下电话，王校长把英语组小赵老师叫来，她是学校唯一通晓音律的人。王校长交代，这半个月她就不要上课了，全身心准备开幕式。要本着人多、喜庆、热闹的原则，道具尽量简单，服装尽量节省，费用不能超过两千。

小赵老师走了，王校长又叫来管后勤的李主任，交代道："副县长一行估计得八到九人，乡书记和副书记三个人，乡长加上四个副乡长，学校里书记和我，再叫上小赵老师，得两桌，可别超过两千。"李主任走到门口，王校长又叫住他："再买一条好烟。"李主任咧咧嘴，出去了。

小赵很有能力，她组织了100多名女学生，编排了一个大型团体操，十来天的时间，学生们练得有模有样。

运动会的头天晚上，王校长忽然接到乡长的电话，原定九点钟的开幕式要推迟到十点，因为副县长有一个会必须参加，九点才能出发。

王校长连忙说："不行啊乡长，运动会就一天半，后天下午县教育局要来听义务教育实验课呢，开幕式一推，赛程搞不完怎么办？"

"搞不完就晚上继续搞，没商量。"乡长斩钉截铁地回绝了。

第二天上午，校园西侧的大操场平整一新，彩旗飘扬，锣鼓喧天，白灰撒出的跑道线格外醒目。

尽管秋天已到，但天气依然炎热，太阳赤裸裸地炙烤着。幸亏李主任考虑周全，在临时搭建的主席台上方，扯起了帆布来遮阳。

九点半，学生们都抱着凳子来到操场，按照划地区域坐好。团体操的女生们精神抖擞，在主席台下整齐划一地排好队。

十点，副县长还没来，乡长的车却来了。

王校长迎上去，把乡长接上主席台，递上一瓶矿泉水。乡长坐定，咕嘟咕嘟喝了两口，说："刚才秘书来电话，主管文教的副市长去省城路过双庙，非要去双庙文化站看看，副县长停下陪一下，一会儿就完，副市长在省城中午还有饭局，待不久。"

这时，小赵汗涔涔地走上来，她摇着手当扇子，低声说："王校长，要不让学生们先回教室吧，太热了，怕中暑！一会儿县长到再出来。"

乡长听见了，开口道："不行，一会儿领导来了，学生乱哄哄的怎么行？让大家先唱唱歌，鼓鼓劲儿。对了，可以每人先发一瓶水。"

王校长一脸苦笑："乡长，每人一瓶水得多少钱！"转头又对

虚拟回家

小赵说："每个班派三名学生把班里杯子都拿去接满自来水，先喝水，然后唱歌儿。"

喝完水，学生们水灵起来，先唱《在希望的田野上》，然后唱《让我们荡起双桨》，一首接一首，乡长认真欣赏着，脸上乐开了花儿。

唱到十一点多，十来首歌唱了一个循环，还不见副县长的影子，团体操队列有人中暑，一屁股坐在地上。王校长连忙叮嘱小赵，鼓励大家坚持住，可以用湿毛巾擦擦脸，但决不能退场。

十一点四十，团体操女生已有一半儿坐在地上。乡党委书记的车忽然驶进学校，他下车后高喊道："县长马上就到。"

王校长连忙让小赵整理队伍，挥起彩旗，这时，两辆奥迪风驰电掣地驶进校门。

操场上响起热烈的掌声，副县长下车，微笑着和大家一一握手。

跟在后面的秘书低声说："县长下午还要赶回去开会，欢迎仪式不要搞了，县长先讲话，然后吃了饭就走。"

王校长赶紧让团体操表演的队列撤下去。

县长开始讲话了，他高屋建瓴、语重心长，对运动会的召开表示热烈祝贺，对运动会力求节俭、学生们朝气蓬勃的精神面貌表示欣慰，并对德智体全面发展，尤其是道德建设等方面提出了具体要求。

十五分钟，讲话结束。

书记和乡长陪着副县长走下主席台，副校长跑过来撑起遮阳伞。

正午的太阳耀武扬威，明亮而刺眼。王校长顾不上擦汗，急火火地跑在队伍的最前面，直冲进食堂，吩咐立刻炒菜、倒酒，马上开饭喽！

完美的曲线

一个深陷泥潭的开发商，资金链断裂，如他像其他毫无良知的老板一样，早就逃之夭夭了。而这位王老板却与众不同，用独特的方式实现了自我救赎，而救赎的方式，又发人深省。

由春晖公司投资开发的金领小区正在搞认购：交1万抵1万5，交5万抵10万。购房者闻讯而来，售楼处被挤得水泄不通，煞是热闹。

活动搞了两天就被老板王海栋叫停了，因为贷款没有如期到位。

王海栋急得嘴唇上满是火泡，急忙带上手续，去求银行继续贷款，可他跑遍了各家银行，却都空手而归。

王海栋找管城建的刘副市长请求帮助，听完汇报，刘副市长爱莫能助地摊摊手说："王总，本来信贷就紧，现在房地产又属于调控对象，银行不贷也是可以理解的，我们不好行政干预啊！"

王海栋没有办法，气鼓鼓地走出市政府。回到公司，他安排项目主管给施工单位结算，让他们撤场。

听说施工单位撤场了，已经交钱的业主纷纷跑到售楼处探个究竟，售楼小姐赶紧安抚，不等安抚完，又有爆炸新闻传来——王海栋失联了……

烂尾楼陷入死一样的沉寂，逐渐长满青苔，人们的希望也慢慢荒芜。

就在王海栋音信全无整整一年的时候，他却毫无征兆地突然现身了。

虚拟回家

那天下午，王海栋乘坐的宝马车倏地停在市政府门口，在办公厅工作人员的前呼后拥下走进了李市长的办公室。

李市长和王海栋谈了足足两个小时，谈话内容外人无从知晓。

晚上，李市长在政府接待宾馆请王海栋吃饭，刘副市长赫然在列，中、农、工、建四大银行的支行行长也都到场。

王海栋与嘉宾一一握手，并递上名片

李市长致辞道："今晚，王老板的到来使市府宾馆蓬荜生辉，我们隆重欢迎王老板，希望他能在我市继续投资。我想，王老板生于斯、长于斯，一定会为我市的经济发展做出更大的贡献。"

王海栋连忙起身，举杯微笑着回应道："那是自然，我对家乡的感情绝对经得起时间的考验，金领小区我不但要继续干完，而且还要开发二期商业地产项目——名字就叫金领商业广场，我有信心使广场成为我市的地标性建筑和区域中心。"

众人鼓掌。李市长带头连干三杯，大家纷纷响应。接下来自由发挥，酒桌上觥筹交错，好不热闹。

酒过三巡，王海栋站起来，举着斟得满满的酒杯说道："尊敬的李市长、刘市长，各位行长，我王海栋后续的投资还要李市长、刘市长的关照和帮助，更要仰仗咱们四大银行的鼎力支持。您说是不是，李市长？"

李市长起身道："王老板，这杯酒我来陪。贷款的事儿我敢拍胸脯：没问题！你们说是不是呀？"说着，李市长举起杯子伸向行长们。

四位行长连忙举杯迎合着，异口同声地说："绝对没问题。"行长们和李市长碰杯，王海栋走过去，与行长们逐一碰杯。

第二天，申请材料分别提交给四家银行大客户部，三天后，第一笔贷款到账，再过两天，四大银行贷款全部到位。

　　我是监理公司的总经理，和春晖公司合作了五年，金领小区是双方合作的第五个项目。

　　贷款到位后，王海栋亲自给我打电话，希望尽快安排监理人员进驻现场，准备复工。

　　第二天下午，我带上总工程师和项目总监赶到春晖公司。

　　晚上，王海栋设宴招待，因为是老相识了，大家其乐融融，半斤酒下肚，王海栋有了七分醉意。

　　酒后，我拉他去洗脚，醒醒酒。技师打来热水，让我们泡上脚就出去了。

　　我低声问："王总，说实话，我很佩服你，失联了这么久，大家都认为你跑路了，谁承想你还会回来？不过，这贷款的事儿李市长亲自出面打招呼，真有效果啊！你找的哪路神仙，攀上李市长这个高枝儿？"

　　王海栋哈哈大笑："老兄，实不相瞒，我谁都没找，靠的自己。"

　　"你骗人，怎么可能？去年你靠自己怎么没贷来？"

　　王海栋叹了口气，低声说道："去年也可以贷，只是那些人的胃口太大，我出不起那么高的回扣，刘市长又不肯协调呀！"

　　他的解释弄得我一头雾水："那今年你怎么就顺利贷来了？"

　　王海栋洋洋得意地吐着烟圈："这一年没白忙活。我办了非洲毛里求斯的移民，在那里我可是超级富翁，我现在是毛里求斯国会议员兼商务部参事，专门负责对中国的贸易。去咱们市政府还不易如反掌？我还在开曼群岛注册了公司，然后收购了春晖公司，现在的春晖可是外资企业，办任何事情都是一路绿灯，贷款还不是小意思？"

第四辑　真谎言

　　有很多故事，读起来似乎违反生活常识，但仔细思索，这事儿又有八九分靠谱。

　　貌似谎言却似乎又不完全是谎言；貌似真话却似乎彻头彻尾的假话。我们周围，时刻在上演着真实的谎言。

衬衫的起源

　　衬衫起源于哪里？当然是西方，中国古人并无衬衫这一服饰，但A国和J国穷尽浑身解数，争来争去，衬衫的起源却愈加扑朔迷离，而对于这种争论的价值，只能说："呵呵！"

　　A国和J国的不睦起源于一次申报，他们都想以西式衬衫申报国际非物质文化遗产，双方实力上不分伯仲，措施上针锋相对，给国际服装服饰非物质文化遗产委员会出了一道不大不小的难题。

　　J方认为，现代衬衫，也就是西式衬衫起源于本国毋庸置疑。因为，J国的传统服饰是J服，该服装沿袭了古装设计，又参考舶来的汉服和唐装后革新定制。随着时代的发展，逐渐演变成了衬衫。衬衫在特征上与 J 服相近，仅在挖领、衣襟上有些许不同。另外，J 国语言中，衬衫发音为：挖一下子。从其命名上已经清楚地表明，衬衫是在 J 服基础上挖了一下子，根源说得十分清晰，其逻辑关系不言自明。

A 国的态度也很强硬，他们认为，虽然本国历史只有短短的三百年，但衬衫不是新时期发明的服饰，而是印第安人的时代就发明了。那时，印第安人主要穿裙子，不是连衣裙，而是短裙，英文为 skirt。随着时代的发展，印第安人逐渐意识到，把短裙改装为上衣穿，不但使行动更加方便，也颇显礼仪，故命名为：shirt。衬衫这个单词仅在裙子基础上改动一个字母，这种单词产生的方式也充分证明：西式衬衫脱胎于印第安人的裙子。

两国的理由都有一定道理，各自说服了一部分资深评委，但都无法确立压倒性优势。

两国代表团都在竭尽所能，为争取成为非物质文化遗产起源国和传承国各执一词，互不相让。鉴于这两个国家在国际上举足轻重的地位，国际服装服饰非物质文化遗产委员会不敢贸然拍板，将此事提交联合国有关组织进行协调。

有关组织派出专家团队，对 A 国和 J 国进行为期两个月的考察，从文物、民俗、习惯、特征、史书记载等各个方面收集资料。同时，还聘请享誉全球的顶级高校专门开发了计算程序，把整理后的调研数据输入电脑，通过复杂的程序运算，对衬衫起源于哪个国家进行精确地判定。

虚拟回家

　　由认证机构进行旁站认证，经过电脑的紧张运算，得出最终的结论，双方作为西式衬衫起源国的可能性各为 50%。

　　这一结论令官员们面面相觑，沉默片刻，有一位官员提出，两个国家能否改对抗为合作，联合申请将衬衫作为非物质文化遗产呢？A 国和 J 国的代表请示国内主管部门后，都拒绝了联合申请的提议，皮球又被踢回到联合国有关组织。

　　公元 2100 年 1 月 1 日，联合国有关组织联席会议在冰岛举行。由于协调和确定西式衬衫非物质文化遗产起源国和传承国是本次会议的第二项议题，也是最为重要的议题，各路媒体记者蜂拥而至，大家都想亲眼看看，衬衫作为非物质文化遗产最终花落谁家。

　　上午十一点，会议主持人匆匆走上台，宣布，由于冰岛国土面积不断缩减的原因，为安全起见，本次会议的会期将由七天压缩为一天。紧接着，他邀请国际服装服饰非物质文化遗产委员会秘书长及国际气候与变化委员会主席共同上台。

　　秘书长语气沉重地说道："地球温室效应还在不断扩大，导致全球日均温度已经上升至 41.3 度。两天前，世界上最后一家衬衫厂因没有销路而宣布倒闭，人类再也没有机会穿上衬衫或者背心了。鉴于此，经两个委员会认真研讨，报联合国有关组织批准，有关衬衫非物质文化遗产的评比正式取消。"

　　说完，秘书长很自然地掏出手帕，飞快地擦了擦汗涔涔、光溜溜的上身。

洗　脑

孙博士属于读书上先被"洗脑"，然后才有了关于手机研究的故事；当遇到常见的电话诈骗，他却惊为天人，其行为令人匪夷所思。当然，故事的结局出人意料，却非常的温暖。

我读本科时的室友孙晓初，现在是某名牌大学的机械学在读博士。他不但对学术上肯于钻研，在生活中也勤于思考，且表达能力极强。

一次，孙博士买了一部新手机，手机超薄，说明书很厚，差不多是手机厚度的 3 倍。在一般人看来，说明书如同一堆废纸。而孙博士却抽出闲暇时间，认真研读说明书，并把手机各功能对照说明书逐项进行测试。两周的时间，他把手机的 180 多项功能全部进行了测试并记录。他发现：手机说明书中有五项功能介绍得不准确或者不完善。手机菜单和功能设置方面，有几处不方便或者有待改进的地方，他写了长达 20 页的手机功能测试分析报告，寄给了手机生产商。

过了半个月，手机生产商的一位副总登门拜访，他握着孙博士的手说，算上公司的手机测试员，你是第二位把全部菜单和功能用过一遍的人，还写了那么长的分析报告，对我们今后改进手机功能设置帮助很大。鉴于此，公司决定，以后每生产一款新机型，都会送一部给你进行测试和评价。

孙博士的故事还没有完，还有更绝的。

一个周末，孙博士接到电话，说最近查获几起国际毒品交易案件，他的账户涉嫌交易资金的转移。

这是一种非常陈旧而俗套的诈骗方法，孙博士当然不会上当。但孙博士没有骂骗子，也没有马上挂电话。却突然插嘴问了一句，兄弟，听你口音是某某省人吧？

骗子一愣，有些慌乱地答道，是啊！你怎么知道的？不过，你能不能尊重一下我们的劳动，先让我介绍完。

孙博士说，用不着你介绍。接下来你会要求我马上到银行的ATM机上进行操作。

骗子又是一愣，你、你怎么知道的？

孙博士接着问，你还要求我不能挂断电话，要跟你聊着天走到附近的银行去。

骗子惊呆了：啊？你又怎么知道的？

你是不是想让我在ATM机上插入自己的卡，进入转账程式，输入你的账号，然后把转到你的账户上去，这样你就把钱骗到手了？

骗子绝望了，啊？大哥，你太聪明了，我骗不了你，咱们就别浪费时间了，你也别耽误我做生意。

孙博士不慌不忙说道，兄弟，别挂，耽误不了你太多时间。反正你用的是网络电话，通讯费是包月的，电话号码是随意虚设的，设置成110或者119也是常有的事儿，多聊一会儿又不浪费钱。你就当我什么都不知道，在去给你转账的路上。

骗子目瞪口呆，大哥，你也太专业了，咱们不会是同行吧？

不会，不会。我是专业研究易经的。我潜心研究易经几十年，遥感和预测是我的特长，你成功骗人不超过三次吧？

我靠，你咋知道，才骗过两次，一次200块钱，一次500块钱。

我刚才说你来自某某省的也没错吧？

这不算什么本事，我说话有口音的。

你有口音还装客服，态度是不是太不端正了？这样的态度做什么都会失败。孙博士批评道。

骗子解释道，没办法，混口饭吃。

混口饭的岗位有的是，何必走这条路？接下来，孙博士滔滔不绝地讲了近一个小时，他口若悬河、引经据典，期间穿插着问了骗子几个问题。孙博士通过骗子提供的姓氏和出生日期，把他的出身、年龄、他二十多年来经历的波折一一遥感出来，对他的未来也进行深入的剖析。

骗子连连点头，对孙博士佩服得五体投地。

末了，孙博士劝诫道，你现在犯的错误还不大，一定以家庭为重，现在悬崖勒马还来得及，不要再干这种骗人的勾当了，否则将命运多舛，必将贫困潦倒，且面临牢狱之灾。

骗子汗如雨下，发誓将来一定洗心革面，重新做人。待衣食无忧之时会登门拜访，以谢拯救之恩。

后来，骗子真的改邪归正了，在县城里做起了正当生意。他后来给孙博士发过短信，说他的生意做得不错，邀请孙博士有机会去那个地方转转。

一次，我和孙博士一起吃饭，在座的还有其他朋友。大家聊着聊着，就谈到了孙博士给骗子洗脑的故事，颇感神奇，也勾起了大家浓厚的兴趣。有人提出：孙博士这么牛，能不能给在座的每一个人都预测和分析一下。

孙博士说什么也不肯，连连说自己其实不会。逼到最后，孙博士双手一摊，我哪有那么神奇，上次之所以能忽悠骗子改弦更张，只有一个原因。

虚拟回家

大家都停下筷子，洗耳恭听。

因为他的口音我特别熟悉，落实了他的姓氏和出生日期后，我确认他是我的初中同学。他走上了歪路，我无论如何也得拉他回来，只是他已经不记得我，而且听不出来我的声音了！

这不是在演戏

明星浑身是戏，生活中也脱离不了戏份。而很多粉丝，却如本篇故事的各色人物，混淆了戏中的明星与生活的明星，让人啼笑皆非。

王五是妇孺皆知的一流影视明星。

最近，王五作为男一号参加一部新片的拍摄，海选出来的女二号对王五眉来眼去。这天上午，没有王五的戏，他给助理放了假，偷偷溜出剧组，去和女二号约会，在宾馆等了一会儿，那女二号突然打来电话告诉他不来了。

王五气鼓鼓地回家，发现别墅大门紧闭。王五不顾身份，从窗户跳进去，卧室里，王五的老婆和助理光溜溜地抱在一起。

助理不慌不忙地穿好衣服，给王五赔礼道歉，王五气急了，上前打了助理一巴掌，助理年轻气盛，回手也给了他一巴掌。

王五恼羞成怒，抓起电话，给司机打电话，让他过来帮着揍助理一顿。司机早就知道助理和王五老婆勾搭在一起了，他和助理是发小，才不管这事儿呢，推说："五爷，不可能，兴许你看错了，嫂子怎么能看上助理呢？"

放下电话，王五脸色铁青，又拿起电话想报警。助理却毫不惊慌，当胸又是一拳："哈哈，你给谁打电话都没用，谁会相信小小的助理睡了你大明星的老婆，还打了你呢？"说完转身想溜。

王五跑进厨房拿了一把菜刀，拦住助理，把刀架在他的脖子上。助理依旧谈笑风生："王五，平日你作威作福惯了，菜刀你都不会用，刀背杀不死人。"

王五把菜刀在助理脖子上蹭了蹭，轻蔑地笑道："这可骗不了我，刀背和刀刃我还是分得清的。"

助理一哆嗦："你想怎么样？"

王五说："你不是说没人相信助理睡了我老婆，我要去你跟我去派出所，告诉他们说你确实睡了我老婆。我马上跟她离婚，她别想分到一分钱的财产。"

助理说："好、好，我跟你去。"

王五用菜刀逼着助理，刚走出楼门，就被居民甲看见了，居民甲认出了明星王五，高兴地问："五爷，又在拍戏呀！咦，咋没有摄像机呢？"

这时，天上掠过一架刚起飞的飞机，居民甲恍然大悟："原来是航拍哇。"

听见动静，埋伏在小区周围的狗仔队闻声涌进来，不待王五走出小区，就架起长枪短炮把他们围了个水泄不通。

居民甲讪笑着说："五爷，摄像机原来隐蔽起来了。您看我能不能演一个路人甲，需要我配合啥都行。"

王五气坏了，说道："这不是在演戏，你去报警，让警察过来。"

路人甲认为王五入戏了，开始说台词，屁颠屁颠地拿出手机，打了110，末了，他还低声告诉警察，他是在配合明星王五拍戏，希望警力尽快到达，配合完成这组镜头。

人越来越多，小区容不下了，王五在众人的裹挟下走到宽敞的大街上。路人认出了明星王五，奔走相告，轿车和公交车都停下来，人们纷纷下车，摆出各种POSE，以王五拿着菜刀架在助理脖子上为背景拍照。

警察来了，紧张地站在路边，照着警车的反光镜整理衣服，站姿愈发挺拔，希望上镜时有一个闪亮的形象。

电视台开始直播，直播的名字叫：微电影的公开拍摄。电视台请来的嘉宾煞有介事地说，这种拍摄形式有点像央视的《谢天谢地你来了》，只有剧本的框架，没有具体的台词和角色设置，大量群众演员会非常自然地融入剧情，以保证剧情的原生态。

王五愈加生气了，他向警察吼道："警察，他睡了我老婆，我要你做笔录证明。"警察连忙阻拦道："五爷，虽然我不是专业演员，但这段剧情发挥得确实不太合情理，毕竟您是本色演出，巨星的老婆怎么会看上助理呢？改一下，改一下。"

王五要疯了，舞动着胳膊说："这不是在演戏。"锋利的菜刀在空中一晃，划下时割破了助理的脖子。血汩汩地涌出，助理眼前一黑，倒在了王五怀里。

王五慌忙蹲下，大喊道："快叫救护车。"

居民乙正拿手机拍王五，听见王五的话，也立即抓住机会，进入角色，马上拨打了120，末了，他还低声一再强调是在拍戏，希望120配合一下，尽快前来。

放下电话，居民乙见王五不说话，连忙低声问："五爷，接下来我还可以说什么台词。"

话音未落，救护车到了。

王五招招手，一位高大帅气的男医生跑近王五蹲下来，摸了摸助理的胸口，已经摸不到心跳了——助理已经死亡了。

王五这下高兴了，有医生在，终于可以为他证明，这一切不是在演戏，是真的，他真的把助理杀死了。

帅医生忽然握住了王五的手："五爷，可见到您本人了。您看，拍这么重要的戏，怎么能用死尸呢？太不逼真了，显得您多不敬业啊！"

说着，帅医生从助理脖子上抓过两把尚未凝固的血，涂在自己的脸、脖子、胸口和胳膊，然后不容分说，把助理的尸体推开，自己一闭眼睛，挺直了身子躺在了王五的怀里。

秘 密

同学之间，因为出身和工作性质的不同，渐行渐远，不知不觉中都在各自心里揣了一个秘密。最初的秘密是一个温暖的故事，但某次，有人喝醉了，却揭示了自己心中的秘密……

随着老李顺利调进了市日报社，我们大学宿舍的七名同学全都在市里工作了。

第一回，白局张罗大家一起吃饭，他是市招商局局长。我和老刘是大学老师，不坐班，我俩最先到了饭店，随后是市教育局李处、和市文化局米处长，最后进门的是白局和老李，老李一落座，就说王强不来了。

说起王强，内心总是酸酸的。王强的爹是插队的知青，直到王强上小学，才落实政策返回市里。王强上高中时，他爹被举报贪污，判了三年有期徒刑，服刑没有多少日子，突然暴病死在了监狱里⋯⋯

几杯酒下肚，话题就转到王强身上。老李说："王强五年前到了市工会杂志社，虽说是编辑部副主任，但这本杂志靠会费支撑着，连社长都算上还不到十个人。"

白局叹气道："我听说，王强的老婆前几年患上了尿毒症，家里日子过得可不太好。我估计他之所以不来，是觉得在咱们同学中，他过得最不如意，怕来了感觉不自在。这样，以后聚会，我们六个人轮流请客，不要叫王强请了，他能来就行。再有，大家穿着上一定要注意，把那些名牌都扔家里，穿得简单、低调一些如何？"

我们纷纷点头同意，白局又一再叮嘱大家注意保密。

快两年的时间，大家先后聚过六次，王强参加了五次，每一次他几乎都穿着不同颜色的工装。

该下一个做东循环了，可没等白局再张罗，王强却打电话召集，说他要请客。

那天晚上，大家都到齐了。酒过三巡，老李提出 AA 制，话一出口，即遭王强的强烈反对，他脸红脖子粗地说道："一个宿舍的同学，你们都请过客，干啥轮到我的时候不让我做东？不行。"

大家看王强急了，齐声说：继续喝酒。

这时，白局接到电话，有大领导让他赶赴下一个饭局，白局抱歉地自罚三杯，起身走了。接着，李处和米处也分别接到电话的召唤，陆续告别。

酒桌上只剩下我们四个人，王强举杯说："就他们这些当领导的忙，咱们可都别走，继续，我先干为敬。"

跟着干了，王强接着说："不过，你们不够意思，有事儿瞒着我。"

几个人面面相觑，猜不透王强想说啥。

王强说:"你们是特意穿着朴素的衣服来的吧?"大家只得点头。

王强苦笑道:"我知道,你们是怕穿得太华丽让我难堪,所以才商量好了这样做的是不?这是你们的秘密,我本不想说破。但咱们都是同学,不让我请客哪行?"

我连忙接话道:"今天一定让你请!"

王强眉飞色舞起来:"这才对嘛!说实话,我已经脱离苦海了。年初开始,我老婆的透析可以走医保报销,负担一下子减轻了不少。更重要的是我搞清楚了一件事,据说,咱们现在的副市长原来是我爹的同事,他怕我爹威胁到他的提拔才玩了阴招儿,把我爹送进去。"

老刘插嘴道:"原来是这样,那这事儿就算了?"

王强摇摇头:"追究副市长的责任?得有真凭实据才行。不过,去年我提起了行政诉讼。今年三月份有了结果,判定原审判机关证据不足,系冤假错案,给我爹平反了,政府赔偿了 50 多万。"

原来如此,他已经脱离苦海了,大家纷纷举杯向王强表示祝贺。

但看到王强身上穿的蓝色旧工装,我不禁问道:"可你为什么还是这副打扮呢?"

王强干了一满杯酒,眼睛红得赛过兔子,他慢条斯理地说道:"习惯了,或者说是故意穿成这样的。"

大家你看我,我看你,感觉他醉了。

王强似乎看透了我们的心思:"你们以为我喝多了?我清醒得很。我穿的差一些,说明处境不太好,先走的那三位领导应该会感觉心理很有优越感,兴许少贪污一些。作为老同学,我不能为他们的晋升铺路,只能做到这一点了。你们三个,可要替我保密呀!"

话音刚落,王强像被子弹击中了一样,一头栽在桌子上,呼噜声大作,怎么都叫不醒。

捣乱的新闻

请明星做广告，原本无可厚非，可没有把握好新闻的动向，结果可能适得其反，徒添烦恼。

美丽的黑龙江省亚布力，是举办过亚洲冬季运动会的地方。隆冬时节，及膝的积雪一眼望不到边，天地苍茫连成一片，煞是好看。

这天，气温零下三十多度，滴水成冰。

雪地里，一个临时的拍摄布景已经架设完毕，小寒洋保暖内衣的广告拍摄工作准备就绪。

布景外围二十米，长枪短炮的几十台摄像机围成了一圈，这其中有六台属于广告拍摄组，其他的都是各大媒体的，有电视台的，有网络媒体的，有广播的，还来了两家香港媒体呢！

小寒洋董事长李四看到此景异常高兴，吩咐给每家媒体送一套小寒洋保暖内衣。他心里暗想：这回请来的是国内一流明星王五，他名气这么响，不但广告效应大，又吸引来这么多媒体报道广告拍摄，他们的摇旗呐喊，扩大了广告的宣传作用，明星的"铁粉"们将被鼓噪得披星戴月追看小寒洋保暖内衣的新版广告了！

此时，附近的一间保温帐篷里，导演张三正在蹲在地上，给坐在椅子上的明星王五说戏。一个三分钟的广告外加一个五分钟的短片，需要拍摄三十分钟的素材。剧本不过五页纸，台词不过十来句，这碟小菜根本难不倒我们经验丰富的明星王五，他读了三遍台词，又试了几次动作，效果非常好。

张三让明星王五走到帐篷门口，活动活动身体，适应外面天气，然后让助理端上来一碗驱寒的辣姜汤，明星王五一饮而尽，顿时浑身上下暖烘烘的。

广告正式开拍了。

明星王五脱去厚厚的长款貂绒大衣，只穿小寒洋保暖内衣走进布景。

他穿的保暖内衣是红色的，在皑皑白雪中，像一团火在燃烧，"颜色搭配得令人拍案叫绝！"记者群中发出一声赞叹。

明星王五非常敬业而且专业，一声 CUT 后，只见他或立，或坐，或仰，或卧，动作熟练、台词给力，各机位的镜头相互配合，一气呵成，顺利通过。

众人热烈鼓掌，明星王五脸上露出骄傲的表情，董事长李四屁颠屁颠地跑过来，把一张支票递到了明星王五手里。

下午，摄制组返回哈尔滨的办公室，开始剪辑和后期制作。半夜零点刚过，各大电视台播放的小寒洋保暖内衣广告已经替换成了新版。这段新版广告经过渲染和美化，辅以特效和字幕，再配上明星王五的精彩表演，简直无可挑剔、美妙绝伦、出神入化，董事长李四看了省台播出的首条新版广告，情不自禁地鼓起掌来。

第二天，新版广告宣传攻势更加猛烈，网络、电视、广播、报纸、新媒体立体出击，铺天盖地。"关心爹和娘，就买小寒洋"、"小寒洋、小寒洋，抗寒保暖我最强"等广告词成为班车一族热议的话题。明星王五的几张酷照和小寒洋保暖内衣科学保暖机理初探的文章迅速占领了微信朋友圈转发量排名的第一位。

各大商场小寒洋专柜前排起长队。小寒洋保暖内衣销量大增，日销售额猛增 5000%，下午 2 点，各大商场部分款式出现了脱销的现象。幸亏李四早有准备，下午三点就对各个销售点进行补货。

可奇怪的是，第三天，新版广告的播放依旧到处都是，但小寒洋保暖内衣的销量突然锐减，上午十点前，全市各大商场加起来才卖出几十套，不到前一天三分钟卖出的数量。

董事长李四大怒，命令销售部经理赵六赶紧查明原因。

过了一个小时，赵六哭丧着脸走进李四办公室。李四问原因，赵六把一张头天的晚报递到李四手里，并指给他看。

只见晚报娱乐版新闻整版报道了广告拍摄的盛况，声势浩大，图文并茂。文章的最后，对明星的敬业精神给予了表扬，上面写道：昨天，在天寒地冻的亚布力，明星王五不顾天气极寒，坚持只穿保暖内衣拍摄广告，一遍通过，充分表明了明星王五的超群实力。更令人钦佩的是，尽管明星王五因只穿保暖内衣冻感冒了，却没有一句怨言，今天上午又投入了某电影的拍摄工作……

新守株待兔

农村拆迁以后，诞生了很多靠房租和拆迁补偿过日子的人，这种一夜进城所催生的问题发人深省。

但生活中守株待兔的人，又何止一夜进城的一小撮百姓呢？

村庄，被一条由南至北的马路穿成一串烤腰子。

村支书沿着马路走向北山，碰到百无聊赖蹲在路边的大文，他眉头一皱，道：“大文，你搁着那么好的耕地不种，在这干啥呢？”

大文乜了一眼支书：“耕地承包给别人了。出去打工，施工队欠钱，干了也白干，还不如在这儿等兔子。"

"等兔子？"支书的眼珠子瞪得跟乒乓球似的，"埋上一根树桩子，就能等到兔子，你做梦吧？"

支书话音未落，咕咚一声，一只兔子撞在树桩子上，撞晕了，四仰八叉躺在地上，两条后腿还在颤抖。兔子很肥，看样子有五六斤重。

大文赶紧跑过去，用绳子把兔子捆住，拎在手里："老支书，晚上到家里喝酒去，吃兔肉！"

"欸！"支书幽幽回答，大文一转身，屁颠屁颠地没了踪影。

支书扭头向南，穿过村子，直奔南树林，刚爬上坡，就看见二文蹲在路边，支书狐疑地问道："二文？干啥呢？也在等兔子？"

二文站起来，拍拍屁股上的尘土，从口袋里掏成一支烟递给支书，嘿嘿笑着说："家里就那几亩地，全都承包出去了。外面打工，一年到头才拿回一千块钱，现在，哪个工地不欠账？俺老婆又年轻漂亮，俺长年不在家，怕人惦记。"

支书吞云吐雾，用指头点了点二文的脑袋："就你小子鬼精，你不在家，也能安排几双眼睛盯着你媳妇。说实话，是不是在这里等兔子呢？"

二文挠挠脑袋："你咋知道？看见我哥了？"

支书眯起一双不大的眼睛："你在路边埋根树桩子，我还不知道你干啥呢？一天能逮几只？兔子咋这么多呢？"

二文道："我哥厉害，我不行，在这里蹲一会儿就想回家瞧瞧，这兔子，一旦撞在树桩子上，只是迷糊几分钟，醒了就跑。咱这旁边河滩上，这几年草长的旺，荒草棵里，兔子一窝一窝的，可咱也搞不清楚这兔子村南村北的瞎跑个啥，反正能捡到兔子就行呗！"

支书围着树桩子转了好几圈，奇怪地问："咦？你们这埋的不是就一截树桩子吗？咋兔子就往上撞呢？"

二文哈哈大笑，把支书先懵了："二文，你笑啥？"

二文眼泪都快笑出来了，老半天才说道："我说老支书，你咋跟老驴拉磨似的？这位置是俺哥指的，他说动物各有各道，这条路线就是兔子每天的必经之路。"

支书的脸都快贴到地上了，研究了半天，这荒草蔓延的地上，哪能看出兔子出没的痕迹？

一晃到了第二年，一条高速公路从村里穿过。村民搬进镇里，全都住进楼房。

家家户户都得了几十万的补偿款，有买车跑运输的，有放贷款挣利息的，有的做起了生意。

可好景不长，村里人纷纷陷入了危机，跑运输的出了车祸，血本无归；放贷款的房地产项目成了烂尾楼，一分钱也甭想拿回来；做生意得都不顺，炒股票的也赔得惨不忍睹。

支书调进居委会工作，奉命挨家挨户了解情况。走到大文家时，发现大文和二文正在阳台上喝茶。

支书问："咦？不少人家都揭不开锅了，你俩咋过得这么潇洒？"

大文呵呵一乐："老支书，你忘了我俩的本事？"

"等兔子？"支书惊讶地张大了嘴巴，"这镇上，哪来的兔子？"

二文指了指桌上的一台笔记本电脑，支书凑近了，屏幕上花花绿绿的图案，支书看不懂，二文解释道："老支书，我们俩的本事，在这里也有用武之地，放长线、钓大鱼、守株待兔。风大的时候，猪都会飞！"

支书一头雾水："什么鱼，兔子，还有猪？"

大文轻轻拍了拍电脑，道："俩字儿：炒股！"

替　身

领导实在太忙了，我经常成为他的替身。

领导没时间，我就替领导回家，跟领导夫人解释，帮她洗衣服、叠被子、买菜、做饭。有时候，还要老老实实坐在沙发上，听领导夫人发牢骚……

最终，领导替我"消失"，"我"则进了监狱。

领导实在太忙了，我经常成为他的替身。

领导没时间，我就替领导回家，跟领导夫人解释，帮她洗衣服、叠被子、买菜、做饭。有时候，还要老老实实坐在沙发上，听领导夫人发牢骚。

一些不重要的会议，我替领导前去指点江山。但往往到批评下级单位的时候就心虚，完全没有领导气吞山河、目空一切的范儿，显示出我是十足的冒牌货。

但仍然有些事情无法替代，领导每天还要亲自洗脸、亲自刷牙、亲自睡觉，还要亲自与情人幽会，虽然我心疼领导，却爱莫能助。

除了生活上的忙碌，领导必须出席的会议太多，让他应接不暇。我掰手指头数了数，有一个星期，领导开了大大小小200多个会，我能做的就是替他报到，办理入住手续，签署会议纪要，领导只需准时坐进会议室。

随着替代领导次数的增多，我模仿领导讲话越来越地道，模仿领导签名以假乱真。

虚拟回家

但我却发现自己与领导的差距越来越大，领导的智慧是无穷的、与时俱进的，他时不时冒出来的新主意和新想法，让属下奔波，让百姓忙碌，甚至整个城市都在折腾，绿地袒胸露背，道路开膛破肚，拆了建、建了拆，每次折腾都有高深莫测的理由，都可以得到上级部门的大力支持，这些匪夷所思、异想天开的说辞让人叹服。

因为领导忙，施工单位的人见不到他，只能围着我转，我跟这些人去了 KTV、洗脚城、洗浴中心沟通。但一曲销魂也好、一揉解乏也罢，我都是在替领导完成工作。

一天，领导突然把我叫进办公室，亲切地说道："从背后看，咱俩的身高、体型都差不多。"

我受宠若惊，回复说："我哪有领导的风度翩翩、风流倜傥呢？"

不等我谦虚完，领导打断了我："今天，省里领导到 X 县视察，有一个现场会，非要我参加，可我实在走不开，你替我去一趟吧！"

领导让我去，我必须得去，但怎么解释呢？

领导好像看穿了我的心思，从抽屉拿出一张面具，轻轻套在我的头上。我又换上领导的衣服和裤子，穿上他那双两万块的老人头皮鞋，拎上他的包。我向镜子望去，天哪，简直就是领导本人。

装备完毕，领导满意地拍拍我的肩膀。我昂首挺胸地下楼。

司机等在车门旁，点头哈腰像一只哈巴狗，这小子，平时根本不把我放在眼里，看着他弓着腰，撅起肥硕的屁股，我忍不住抬腿踢了他一脚，司机一个趔趄，站直后仍旧满脸堆笑，我这才美滋滋地上车。

轿车悠悠开进县城南门，却没有见到欢迎队伍，我心里有几分不悦——每次我陪着领导来，这里都是锣鼓喧天、鞭炮齐鸣，还有漂亮的礼仪小姐献花，今天怎么没有呢？

车子驶进县委大院停下，院子里居然出奇地安静——难道他们知道不是领导本人大驾光临？

我正想着，县委秘书走出来，把我领进一间会议室，我蓦地发现气氛不对，刚想给领导打电话，手机就被没收了。省纪委副书记出示了手续，宣布对领导进行调查。我连忙解释说我不是领导，但已无济于事，我被带进小白楼宾馆，限期交代问题。

但领导的很多事情我一无所知，实在没什么可交代的，测谎仪放在我眼皮子底下，像一个哑巴，把调查组的同志惊讶够呛："你的心理素质怎么这么好？"我向他们解释，他们哪里肯信，我试图摘下面具，但那面具似乎在我脸上生根发芽，已经融为一体。

过了两天，就在我即将绝望的时候，市公安局的干警赶来。

原来，市里发生一起故意杀人案，一名女司机驾车将市委秘书长撞倒。经查，此女在市舞蹈团工作，是秘书长的情人。秘书长送医院途中抢救无效死亡，但 DNA 化验确认，他不是秘书长本人。

"赵副市长？他一定戴着我的面具！"我歇斯底里地喝道。

没想到，刘晓佳这丫头那么歹毒，逼我离婚不成，竟然下此毒手。我替领导那么多次都平安无事，领导只替我一次就撒手人寰。

三个月后，法庭启动公审，我因贪污受贿被宣判。我当庭流下热泪，不是因为我对领导的愧疚，而是我突然发现我老婆挺着圆圆的肚子，站在旁听席上茫然不知所措。

提　拔

专业拔尖儿、人品端正的钱二，在提拔中多次落选。劣迹斑斑的人反而飞黄腾达，这咄咄怪事为什么会发生呢？

局里的综合一处处长王大退居二线，将要提拔新处长。

现在副处长有三人，张三、李四和我，我叫钱二。

大家公认我的优势非常明显，为人随和，专业能力强，没有劣行。而张三副处长，曾经因嫖娼被抓，在前任局长的力保下，没有免职，内部通报了事。李四因为开公车用公款去景点旅游，被举报，李四把报销单撤出来，事情才平息下来。

经过演讲、答辩等环节，风风光光走完过场，我就安心地等着局党组开会敲定竞聘结果，但公布的结果却是张三被提拔为处长。

我郁闷得要命，决心找出不被提拔的原因。直接找局党组成员不合适，我分析，有两个人可以问，一个局长的秘书，一个是局长的司机。

周末，趁着局长出差，我把司机王五请了出来。拿出一瓶我存了五年的二锅头，开始推杯换盏。酒过三巡，我切入了正题，王五指了指我的鼻子："我说钱二处长，那天晚上局长喝了两杯酒，上车时我真问了一句，你猜局长怎么说？钱二这小子做事儿滴水不漏，一点儿把柄都抓不到，他当上处长，谁能控制得了他？"

过了两个月，业务二处搞处长竞聘。摸清了局长的脉，我心里有底了，最主要是要做通我老婆的工作。在我在攻关下，竞聘演讲的头一天，老婆终于同意，让我去嫖娼，以博得局长的青睐。我大义凛然到宾馆开了房，约来的女子刚进门，我还没摸到女子的肉边儿，心急火燎的老婆就打电话报警了，结果我被抓了现形。到派出所，好说歹说哀求了半天，人家才给单位打了电话，又让我交了五千元罚款了事。

翌日，我第一个走上台演讲，迎来嘘声一片——显然我嫖娼的消息已经传遍了局里。我并不在意，演讲发挥得精彩绝伦。反倒是我的两个竞争对手——赵六、陈七，稿子冗长拖沓，演讲磕磕绊绊，可最终宣布的结果，居然是陈七当上了处长。

当我看到评委席中，坐着上级单位派来的女纪委书记，脸色阴沉，挂着青霜，就明白原因了……

看来我没有当官的命，我向老婆检讨，不再妄想得到提拔重用。

一转眼又过了一年，人事处处长岗位再度竞聘时，我已经没有任何兴趣了，内想打好了算盘，明年退二线当副调研员算了。

周四下午进行的竞聘会，我并没有报名参加。

周五下午，局党组会议开到四点半结束，局长来到办公室亲自跟我握手，宣布说，我居然当上了人事处处长！

局长耐心地向中层干部阐述道："局党组为什么选择钱二，是因为钱二这个人一贯低调，业务能力超群，被群众誉为老黄牛，是全体员工的榜样和楷模。随着改革的深入，我们局里特别需要像钱二这样的专业复合型人才到职能部门去工作，以促进全局人力资源工作更上一个新台阶。不能因为钱二处长为人低调，就忽视了高端人才的存在，而让高层次人才吃亏、让老实人受害。"

局长亲自带领全体班子请我吃饭，为我的晋升祝贺，令我受宠若惊。喝完酒，我有些摇摇晃晃，舌头有些短。

王五送完局长后，开着局长的专车送我回家。

路上，我的手机响了起来，是我大舅。我大舅已经退休好几年了，这么晚打电话有啥事儿？我赶忙接起来，大舅说："钱二呀，明天是周末，你跟大舅去趟省城。"

我问："大舅，去省城干啥去？"

大舅高兴地说道："看来你不知道。我带你去看看你大表哥去。最近，军区所有文职军官都转业到地方了，你大表哥今天一早到省委组织部报到，已经是干部一局的局长了！"

心　剑

一次冲动，"我"在自己心里种下一把"剑"，剑去剑来，折射出一幕荒唐人生。

那几年，我住平房，一条七拐八拐的胡同里，乱哄哄地挤着七八户人家。

半夜，睡梦中醒来，听外屋窸窸窣窣的声响，我悄悄爬起来，乜见一个人影正蹑手蹑脚地往外走。我啪的一声拉亮了灯，然后跳出来，堵在门口。站在我面前的是一个漂亮的女孩儿，高鼻梁，瓜子脸，水汪汪的大眼睛忽闪忽闪的，她手里拿着我的包和手表。

女孩儿知道逃不走了，扑通一声跪在地上："叔，东西还给你，千万别报案，饶了我吧！"

　　老婆不在家，我当然不会去报案，关了灯，我抱起她轻轻地放在床上，她没有反抗，只是低声抽泣。这哭声激起了我的欲望，我迅速地进入了高潮。

　　女孩儿一声不响地走了，我却躺在床上睡不着。我后悔没给她点儿钱，有钱可以堵住她的嘴，现在万一她报警怎么办？

　　我惴惴不安地挨了几天，风平浪静，似乎什么都没发生过，我很快被提拔为副处长。我工作兢兢业业，不敢有半点儿差错。送礼，我一律拒绝；托我办事，一律公事公办。我决不能惹麻烦，避免进了公安局，意志薄弱的我会立刻交代自己的劣迹。

　　一晃过去了五年，虽平平安安，但内心的恐惧却与日俱增，我头脑里时常跳出一个场景：走在街上，遇见少妇手里牵着的孩子，长得和我像极了，孩子扑上来抱住我叫爸爸——然后，我的政治生涯戛然而止。

　　但这幕剧情并没发生，后来我当上了处长，再后来又被提拔为副局长。

　　反腐风暴来临，周围被带走调查的不在少数，只有我安如磐石。

　　周六，我去公园打太极拳，一个小伙子经过，他长的竟然和三十年前的我一模一样，我吓得"妈呀"一声，引得他好奇地看过来。我问："多大了？"小伙子回答："二十二了。"我心里咯噔一下，那一幕好像就发生在二十二年前，难道是真的吗？

　　我正发呆，一个中年妇女走过来，小伙子叫了一声："妈！"寻声望去，我仔细又仔细地观瞧，那是一张向日葵脸，扁鼻子，身高也矮了不少——我长长地松了一口气。

　　晚上，我翻来覆去睡不着，有千军万马在我耳边敲锣打鼓。

　　第二天，我去看心理医生，一五一十说明了原因，医生悠悠地说：

虚拟回家

"您看这都是20多年前的事儿，作为强奸案，早过了法定的诉讼有效期，您还担心什么？"

医生的话醍醐灌顶。自此我心情大好，吃得香、睡得着，连床上能力都跃升了好几个档次。我被点燃了第二春，仿佛重新回到二十年前。

发廊姑娘小玉，向我频抛媚眼，以前不曾搭理她，现在，我扫见她丰满的胸脯、玲珑有致的身材愈发喜欢，我在新租的房子里表达了这种喜欢，抱着她在床上翻滚起来，二十岁的小玉最终求饶："爹爹，你咋这么凶猛？"我并不回答，按住她又折腾了一回。

被我包养起来的小玉渐渐富贵逼人，用上了苹果手机，戴上了名牌手表，挂上了拇指粗的项链，当然，这些都是我给她买的。

一天，小玉告诉我她怀孕了。

我说："打掉吧，我这么大年纪了，有儿子让人笑话。"

小玉说："不，我一定要生下来。"

"不行，我是孩子爹，我有这个权力。"

"孩子的爹不是你！"小玉恶狠狠地说。

"你说什么？"我眼睛几乎眦出眼眶，她一定在骗我，我冲上去卡住了她的脖子。

"求求你，就让我把孩子生下来吧。"小玉的声音嘶哑，面如青瓜，最后没了声息。我决定给小玉找一个最好的归宿，趁着夜色，我把她的尸体运到山清水秀的地方埋了。

我又失眠了。

下周就正式退休，我开始收拾东西。等退休后，我要学画画，出一本书，调理出好的睡眠来。

我正憧憬着，两个人走进我的办公室。他们拿出一张纸，让我签字——我被纪委带走调查了。

祸起报销。我在租房、买奢侈品上花了不少钱，工资不够用，我买来假发票报销。这该死的发票贩子被抓，他的本子上记着我买过五十多万的发票，线索被报给了纪委。

正式谈话的第一天，我就竹筒倒豆子，交代了我曾和女贼强行发生过性关系、包养并杀死了小玉。

当晚，我呼噜大作，谁都叫不醒，搅得纪委招待所里的住客全都失眠了！

陪　酒

人无特长，无法立足于"江湖"。在销售的江湖里，喝酒就是特长，人才辈出也不是新闻。张三本领高，受到重用，偶然碰到知己，却有意外发现。

张三下岗才两天就再就业了，理由很简单，张三有本事，能喝酒。

张三喝酒的能力可以从深度和广度两个方面说。

从深度上说，六十度的白酒张三曾经一顿喝了二斤半，至于二斤半以后他还能不能喝，没人知道，因为只有找到酒量比张三大的人，才能测试出张三的真正实力。

从广度上说，张三能混着喝酒。譬如说吧，喝完白酒，张三找不到对手，有种"英雄拔剑四顾心茫然"的感觉。这时，他会要来一扎啤酒，然后把差不多二两容积的杯子倒满白酒，往扎啤杯里一沉，这叫"深水炸弹"，然后一仰脖儿，气吞山河地把这个"炸弹"喝下去。

张三最多的一次喝过十个这样的"深水炸弹"，酒后还能自己潇洒地骑自行车回家。

正因为张三有这样的本事，下岗后在家才闲了两天，A公司销售部经理李四找上门来。

张三，反正你也没事儿，帮个忙。我们单位今晚接待一个非常重要的客户，陪好了，能成一笔大生意。李四说。

张三听了，动心地点点头，眼睛眯成一条缝——只要有酒喝，他就高兴。

当然，不让你白陪，是有报酬的。李四炫耀地用手做了一个数钱的动作。

白喝酒还有钱？张三心中乐开了花。

华灯初上，某四星级酒店的包厢里，张三和李四肩挨肩坐着，周围是几个满脸横肉体似球形一笑看不见眼仁儿的客人，大家吆三喝四，推杯换盏，觥筹交错。只用了一个半小时的工夫，张三把一斤半白酒灌下了肚，而那几个客人中，有三位躺在沙发上打起了呼噜。另外两位还能站起来，咋咋呼呼叫来服务员，摇摇晃晃地跟着上楼洗脚去了。

李四伸出右手，和张三击掌相庆，我说张、张三，谢谢噢！下次继、继续合、合作。说着，从包里掏出一沓钞票塞到张三手里。

喝一顿小酒能挣一千块钱。回家路上，张三一边走一边数钱，心里别提有多美了。张三暗想：如果能长期这样的话，自己完全不用再找工作了，每个月喝上两顿酒，就抵得上下岗前一个月的工资了，自己何不抓住机会呢？

雷厉风行，说干就干。第二天一早，张三上街花二十块钱给自己印了一套名片，上写"服务第一，诚信至上。张三，专业陪酒员，电话：×××。"在名片的背面，张三还编了一副对联，曰：深水炸弹十杯不倒，高度白酒三斤未醉。横批是四盅全会（名片底色为蓝色，一个字一个颜色，白、红、绿、黄分别代表白酒、红酒、啤酒和黄酒）。

张三遂发动家人和亲戚，上街发放名片，广告一打出去，果然生意兴隆。随着张三服务水平的不断提高，张三名声大震，一传十，十传百，很多单位都请他去陪客人喝酒。

一天上午，在家休息的张三接到B公司的电话，约他去陪酒。张三整理妥当，吃过中午饭就赶到B公司，公关部经理王五已经为张三印好了一套名片，上写"张三，B公司公关部副经理"。张三收了名片坐下，又认识了一下晚上一同出席的人——对外是同一个公司的，不认识可就漏了底。张三又仔细了解一些有关公司的情况，个人的习惯等等——这是张三在陪酒工作中逐步摸索出来的服务经验。

王五看张三工作如此到位，直夸张三确实是个难得的人才。

晚宴开始，热气腾腾的火锅一上桌，大家就开始饭桌上的战斗。顿时，饭桌变成酒桌，酒场成了战场，宁愿倒下，决不投降。

一箱白酒喝光了，王五先倒下了，趴在沙发靠背上动弹不得。接着，再喝了半箱，王五的两个秘书，对方的两位领导已靠在椅子上睡着了。放眼酒桌之上，B公司只剩下短了舌头的张三，对方只剩下四十来岁身材瘦小枯干的吴六。

老哥，还、还要白酒吗？张三咬着舌头问。

来、来、来者不拒。吴六努力地睁着眼睛。

张三又开了一瓶。说话间，一瓶酒就下去了一半，酒精瞬间就循环进了大脑，把控制张三话匣子的那根神经压迫得兴奋起来：老哥，你有所不知啊，下岗后找个工作容易吗？

吴六摇摇头说，不能这么说，现在不是很好吗？像你、你这样又有酒量又、又有管理能力的人才太、太少见了！

什么人才，屁。老哥，你不知道，我压根就不是 B 公司的人，我是一个专业陪酒员。张三沮丧地说道。

什么？你真的是专业陪酒员？吴六张大了嘴巴。

这时，张三忽然意识到说漏了嘴，连忙向吴六一作揖：老哥见笑，确、确实是生、生活所迫，你可别、别跟别、别人说，否则我就没、没法混、混下去了。说着，双手捧上一张自己专业陪酒员的名片。

吴六定睛看了看，微微一笑，从怀里也掏出一张名片，递给张三。

张三摇摇头，老哥，你喝、喝多了吧？你已经给过我名片了！

吴六哈哈大笑，这张大不相同！

张三接过名片仔细观瞧，上写：无极专业陪酒（集团）有限公司董事长兼总经理吴六。

同行呀！吴六站起身，拍拍张三的肩膀说，我看你确实是一个陪酒的天才，但单打独斗不会有什么好的前途。这样吧，如果老弟你不嫌弃，就到我公司来吧，我给你个总经理助理当当如何？

张三连忙握住吴六的手，鼻子一酸，竟流下两行热泪，嘴里万分激动地摇着，老哥呀，老哥，伯乐呀！

眼泪缓缓地流进张三嘴里，居然是浓浓的白酒的味道。

第五辑　不荒诞

看起来荒诞不经，仔细推敲，却似乎出奇的合情合理。再仔细回味，这些事儿仿佛发生在身边一样，而且每天都在发生。

治贪手术

一个"贪"念，居然可以用手术的方法祛除，岂不大快人心？于是，人们或主动的或被动的，都迅速行动起来了。

可当手术顺利进行的时候，大家奇异地发现，虽然手术祛除了一群人的贪欲，却使另外一群人诞生新的贪欲……

A国脑神经科学家张三经过多年潜心研究，取得了一项最新研究成果，实验表明：人的贪欲是由大脑左侧额下稍上方的一小块区域决定的。这地方细胞活动，能带来无与伦比的愉悦感，从而促生贪念。区域面积越大、活跃度越高的人，贪欲就越大，腐败的可能性也越大。

此成果一经公布，举国震惊，A国科技部立即将此成果列为当

虚拟回家

年科学发现一等奖。

不久，以此理论为基础，张三发明了贪欲分析仪，同时，采用电流导入手术方法根治贪欲的治贪手术仪也研制成功。两种仪器迅速批量投入生产。A国治贪专科医院拔地而起，医护人员经培训后迅速到位。

医院门庭若市，大量想去除贪欲、悬崖勒马的官员前来问诊和手术，医院半年时间就完成手术5万多例，成功率100%，复发率为零。张三也成为次年诺贝尔医学奖的人选。

但八个月后，医院问诊量和手术量双双下降，每日仅有十几个人前来问诊，零星的几个人进行手术。经调查，先前来做手术的病人，都是刚刚步入政坛的，现在这些人都做完了手术，去除了贪欲。而那些位高权重的贪官，没有一个愿意主动前来做手术。

张三向卫生部做了汇报，卫生部非常重视，向全社会发出推荐手术对象的号召，如果有十个公民推荐某病人进行手术，并按规定填写了推荐表，即可对病人进行强制手术。

治贪专科医院又恢复了先前的热闹景象，人们欢呼雀跃，争先恐后地推荐病人，还有不少贪官被捆绑起来用大巴车直接送到医院，在现场填写推荐表。

医院人头攒动，手术排队人数急剧上升。这种盛况持续了两个多月，就开始出现告状和上访，医院的手术被叫停。

原来，送来的不都是贪官，有些人因为私怨，也被人捆绑而来，造成不少无职无权的普通百姓也做了手术，他们术后觉得无颜面对江东父老，隐姓埋名流落他乡。此事一经曝光，引起轩然大波，社会反响极大，卫生部长被迫辞职。

但治贪反腐是不能停步的，经不懈努力，张三与反贪基金会达成协议，通过现金奖励来鼓励贪官进行手术，不但手术费分文不取，还根据贪欲脑区域的面积和细胞活跃程度给予 1 万到 100 万不等奖励，贪欲越大，奖励也越多。

A 国贪官奔走相告，治贪专科医院旋即一号难求。张三迅速与周边二十多家医院达成合作协议，收益五五分成，对这些医院进行改造，一周后开始接诊治贪手术。

一个月后，治贪手术量突破 30 万例，奖金发放突破 1000 万元。

两个月后，治贪手术量突破 50 万例，奖金发放突破 2000 万元。

三个月后，治贪手术量突破 100 万例，奖金发放突破 4500 万元。

新闻热炒又引发了新的置疑：A 国有可能贪污的公务员、管理者加起来不过 60 万，手术的人数怎么会远远超过这一数字呢？数字造假、骗取奖励的说法甚嚣尘上。

新闻媒体纷纷涌向治贪专科医院，对张三院长进行采访，探究数字背后的原因。

面对来势汹汹的媒体，张三并不急于回答，而是指了指放在门口的一台贪欲分析仪，他让 A 国日报的摄影师李四来测测。李四摇头："张院长，我在单位不是官儿，在家里不掌权，让我检测完完全全是浪费。"

张三坚持道："你试一试。"

在大家的鼓励下，李四坐到贪欲分析仪前。仪器屏幕上出现了李四脑部区域的分布图，其中一小块湛蓝湛蓝的区域格外显眼，张三指着说："这就是李四的贪欲脑区域。"

大家看到，屏幕上走着一条笔直的粗线，说明李四的贪欲为零，不需要做手术。

张三并不着急，高声说道："你们看，按照李四现有贪欲脑区域的面积，他手术后可以得到 1.5 万元的奖励。"

张三话音未落，屏幕上的直线急速地跳动起来，变成剧烈波动的曲线，需要立即手术的警报大作。李四的贪欲脑区域面积也迅速扩张，扩大为原来的两倍多才止住。

"他现在可以得到 10 万元的奖励……"

不等张三院长再往下说，记者们纷纷丢掉话筒，摄影师全都扔掉摄影机，人群疯了一样冲向医院大厅。没人再理会什么新闻报道，大家都忙着排队挂号，准备手术，去领取丰厚的奖励呢！

大驾光临

面对剧组的一个大牌明星，导演非常头疼。明星演戏不看剧本，信马由缰，被逼无奈的导演最终痛定思痛，想出一个好办法对付明星的"大驾光临"。

大明星林子踱到拍摄现场，心生几分不悦。

环顾四周，他发现都是群众演员。大明星斜乜了一眼年轻的导演，心道：嘴上无毛，办事不牢，哼！

助理李二毛见大明星生气了，赶紧用手推搡了一下副导演，低声吩咐，副导演赶紧搬了一张椅子，让大明星坐下。

导演凑过来，讪笑道："林爷，要不然给您看看剧本，熟悉熟悉台词，这部电影的名字叫《街舞女孩儿的爱情》。"

大明星把脑袋靠在椅背上，眯着眼睛没有应声。导演以为大明星睡着了，愣在那儿手足无措。

这时，李二毛说道："导演，我们林爷一般不看剧本，你说说戏就行了，林爷登场的时候，大家都得配合着点儿。"

导演有些为难，道："李助理，您看，咱们原来可是说好了，这部电影是同期录音，不看剧本不背台词，怎么搭戏呀？"

李二毛有些不耐烦，眉头拧成两个大疙瘩："还用说，老规矩！"

一听老规矩，导演心里咯噔一下：坏了，早听说这位爷脾气大，今天算是领教了。这老规矩谁都明白，就是如果大明星的镜头一遍过不了，其他搭戏的人重拍，他绝不再次返场。

导演无奈，只得叫来女主演，让她站在大明星旁边，自己开始讲戏。

女主演是全国海选出来的，目前电影学院大三在读的学生，有些表演经验，还颇有几分姿色，大明星不禁多看了两眼。

"咔"的一声场记板打响，电影正式开拍了。

大明星信马由缰，基本不按剧本来，时不时还出了镜头。导演不能喊 NG（未通过），可把他急坏了，没办法，只能用手势提醒女主演和群众演员多配合，摄像多跟进。一天拍摄下来，大明星由着性子演，其他演员多次返场重拍，最后，导演的嗓子都哑了。

晚上六点，大明星照例准时收工，导演叫苦不迭——照这样拍下去，得拍到猴年马月。

所幸，同步录音效果不错，导演回去仔细听了听，感觉非常满意。

经过一夜的思考，次日，导演调整了方案，请来了各路媒体记者观摩拍摄。他想通过这种方式，给大明星增加压力，让他顾及自己的公众形象，不能随意乱来。果然，大明星有所收敛，导演又特意调整了摄像位置，减少了大明星的正面镜头，但拍摄依旧进行得慢如蜗牛。

虚拟回家

　　一天晚上，苦恼无比的导演请李二毛喝酒。酒过三巡，李二毛有些多了，舌头也短了，趴在导演耳边嘀咕道："我跟你说实话，要想让大明星好好演，我给你出两个主意。"

　　导演连忙点头，洗耳恭听。

　　李二毛道："一是，让电影学院那个小丫头片子乖乖就犯，别让我们林爷吃不着光惦记；二是，给我们林爷再追加片酬，谁让你们找这么多群众演员？看着膈应。"

　　啪，导演把筷子直接摔在桌子上："做梦，门儿也没有。"

　　回到房间，导演余怒未消，给投资方打电话，想中止合同不拍了。但投资方有合约在先，院线那边交过保证金，大明星那里也打过第一笔款，中止拍摄损失几千万。导演无法，只得硬着头皮想主意，一夜无眠。

　　辗转反侧出效果，又一次调整方案，拍摄速度明显加快，影片在众多媒体的关注下如期杀青。

　　半年以后一个晚上，大明星刚刚从国外拍戏回来，下了车，为了避免被人认出来，他特意戴上了墨镜和大口罩。

　　大明星走过电影院时，发现影院门前贴着一张大海报，上面写着：《街舞女孩儿的爱情》三天票房过亿，小成本大电影的典范云云。定睛细看，女主角的照片很大，大明星的照片却变得很小，跟卡通画似的。

　　大明星愠怒，转身欲走，又突然扭头奔向售票窗口，买了一张票，随着人流走了进去——他倒要看看，究竟谁演得好。

　　电影开始后，大明星如坐针毡，差一点儿冲出去给导演打电话骂娘。

　　放映尚未过半，大明星那颇有磁性的声音依旧在电影院里回荡。

他本人已经坐不住了，从座位上站起身，气哼哼地走出放映厅。

刚出门，迎头看见一台摄像机，接着，一个话筒游弋到面前，西装革履的记者闪身过来，问道："这位观众您好，我是《娱乐时报》的记者，请您谈谈，看了今天这部动画片您有什么感受？"

跑不掉

有靠山的娄跑跑肆无忌惮地盖楼，用一片片带有质量缺憾的楼盘透支着自己的信用。可透支的最后，跑不掉是最好的注解。

自从大舅哥调到省建设厅任处长，娄跑跑的施工队就成了香饽饽，人员也增加到近千人。

施工队没有建筑施工承包资质，但这并不影响承揽建筑工程。

大舅哥打过招呼，娄跑跑在省内各城市里都有了合作伙伴，他使用合作伙伴的资质和业绩参加投标，中标后，他以他们的名义签合同，等收到预付款，他按合同额的 2.5% 支付挂靠费，而实际工作则全部由自己施工队完成。这就建筑市场常见的挂靠。

三年时间，娄跑跑赚得盆满钵满，在省城有了别墅。

一天，娄跑跑突然接到舅舅的电话："跑跑，舅舅买了新房，你有时间过来转转。"

原来，舅舅的女儿小琴在 A 市工作，最近怀孕了。为了方便照顾，舅舅在小琴家附近的金领国际二期买了一套楼房。

一听金领国际二期，娄跑跑心里咯噔一下——那个小区是自己

虚拟回家

施工的。他问拿到房产证了吗？舅舅说刚拿到三天，娄跑跑埋怨舅舅，这么大事儿都不跟自己商量一下。

周末，娄跑跑开上车，从省城来到 A 市金领国际二期，按照舅舅提供的地址，他把车子停在楼下的停车位上。

进门坐定，娄跑跑马上劝舅舅说："舅，这个小区环境不好，还吵，赶紧把这楼房卖了，换个小区，如果需要添钱，包在我身上。"

舅舅斩钉截铁地说："不行，我在市区考察了三个月，前后看了十几个楼盘，这个小区在 A 市绝对是数一数二的，绿树成荫，还有人工湖和会所，配套多全啊！我们都住一个月了，这里晚上特别安静，比农村都静。"

娄跑跑又劝道："舅舅，说实话吧，我知道这房子质量有问题，您得赶紧换。"

舅舅的脑袋摇得像拨浪鼓："这房子是市建工一公司施工的，那公司可是咱 A 市实力最强的，小区一期都入住五年了，没听说有啥质量问题。再说了，售楼处挂着一块奖牌，这二期工程刚刚获得了省优质建筑工程奖，质量怎么会有问题？"

娄跑跑想起来了，一期工程的确是市建工一公司自己的队伍施工的，但二期是他挂靠了市建工一公司的资质承担的。去年竣工时，建工一公司李经理找他，说自己当经理第一年，怎么也要有一个像模像样的业绩，于是，建工一公司派人整理了金领国际小区二期的有关材料申报，找关系评上了省优质建筑工程奖。专家现场评审时，那厚厚的红包还是娄跑跑出的钱呢！

娄跑跑还要劝执拗的舅舅，外面忽然传来一声巨响，紧接着，防盗器警报大作。

舅妈往外看了一眼，喊道："跑跑，坏了，你的车被砸了。"

娄跑跑慌忙和舅舅跑下楼，听见声响的居民也围拢过来。

原来，一个花盆砸在娄跑跑的轿车上，娄跑跑抬头看，发现五楼探出一个戴眼镜的脑袋，娄跑跑双手一叉腰，厉声喊道："赶紧下来。"

一会儿，那个戴眼镜的中年人从楼道里跑出来，手里还捧着一个塑料袋。

眼镜呼哧带喘地站在娄跑跑面前，解释道："真对不住。昨天我在阳台外面装了一个架子想养花。刚刚放上了一盆花，开始还好好的，这一头的膨胀螺栓突然就连根拔出来了，架子一歪花盆就掉下来了。我仔细看了看，这墙体根本没见水泥，全是沙子。"

说着，眼镜把塑料袋递过来，里面装着一把沙子，还有那只拔出来的螺栓。

娄跑跑有些冒冷汗，为了掩饰自己的心虚，他把脖子一挺："这和我有什么关系？"

眼镜可怜巴巴地问："那你说怎么办？报警吧。"

娄跑跑一听他要报警，连忙摆手："报警不用，可以私了，我先看看损失情况。"

说完，娄跑跑走到车头前仔细查看，发动机盖子上有一个大坑，花盆滚落时，还刮花了前保险杠，他又弯腰观察，还好，车灯完好无损。

这时，看热闹的人群突然惊呼起来，着急地往后退，舅舅也大叫起来："跑跑，快跑，快跑。"

娄跑跑直起腰，莫名其妙地看着大家。顺着大家的目光，他抬头，发现沙发大小的三楼阳台像一只吊在绳子上的苹果，他看清的时候，苹果突然落下，不等他反应过来，一个黑影带着风砸在他的脑袋上。

阳台碎了一地，散落成一堆竹条、铁丝、沙子和不知名的粉末。

人们再看见娄跑跑的时候，他的施工队伍已经解散了，他被告上法庭，但他已经没办法出庭了，这会儿，已经成为植物人的他坐在轮椅上被人推着，姿势永远固定，仰着头，张着嘴，手指着晴朗朗的天。

儿子，该上学了

择校，几乎成了大城市学龄儿童父母的心病，以"不输在起跑线上"的心态折磨着自己。本篇的主人公王强为了儿子，煞费苦心，可结局，并不像设想的那样美好。

儿子，该上学了。

王强蓦地醒来，喃喃地嘀咕道。坐起来睁开眼睛，才发觉儿子早走了。

脑袋里有一把锯来来回回地拉，又疼又痒。床头的电话陡然响起，原来是老婆南越。她急切地问，昨儿个看你没起子的劲儿，问啥都不言语。

王强打个哈欠，浓重的酒味儿在卧室漫延开，唉，喝断篇儿了，昨儿个请了区教育局的领导，红酒、白酒、啤酒三中全会……

麻溜儿地，我没工夫跟你逗闷子。南越不耐烦地打断他，有啥事儿比儿子上学还重要？

儿子在上幼儿园大班。两年前，王强花高价买下了实验二小的学区房，从亚运村搬到这里。按惯例，学区房居住满两年，就可以手拿把掐进入二小。但到了六月份要报名的裉节儿上，教育局突然下发一个红头文件，居住年限提高到三年。

在教育局工作的赵同学打来电话透露消息，一听增加了一年，

随笔随语

王强觉得脑袋嗡地一下，后槽牙里刮起一阵凉风，直酸进心里。王强忍住，央求赵同学帮忙帮到底，想办法约上领导吃饭。

酒桌上，领导听了王强的讲述，没有明确的态度，说考虑考虑尽快答复。这话说得含含糊糊，王强一头雾水，以为酒喝的不够，忙频频举杯，最后把自己放倒了……

南越失望地放下电话，除了等消息，确实没有更好的办法。

将信将疑地等到下午，赵同学打来电话，领导的一位好友就住在王强隔壁一栋楼，名字也叫王强（为了区别，我们称之为王强B），住在此地已有十余年。领导打过招呼，王强B同意将房本上的名字替换成儿子要入学的王强，不过，赵同学要王强想办法找人，把房产交易中心的身份证号码偷偷变更过来，避免联网查询时出岔子。

王强大喜过望，马上联系在住建委工作的钱发小儿，钱发小儿上蹿下跳折腾了两天后，把王强约到咖啡厅里，双手一摊，无奈地说道，瞎了，现在全市不动产信息都联网了，任凭再有本事，也不敢偷改身份证号码。要办，只能在窗口办理，那就算房屋交易了，居住年限就不行了。

看着王强失望的眼神，钱发小儿又说，不过，有一个办法，以前听说有人用过。

什么办法，王强马上来了精神。

钱发小儿品了一口咖啡，幽幽道，你把你家户口本上你的身份证变成王强B的号码，也就是说让你儿子冒充他的儿子。再拿上王强B的房本，让你老婆去办手续，肯定没问题。我老婆的表弟在公安分局工作，可以帮你搞定。

乍一听，王强觉得这个办法很龌龊，但一时想不出来更好的法子，就按照钱发小儿说的去办，果然成了。

新生名单正式公示那天，顺利查到了儿子的名字，王强的心才放进肚子里。拉上南越，约上赵同学、钱发小儿、李校友准备庆祝一下。

刚踏进便宜坊烤鸭店的包间，赵同学的电话响了，放下电话，赵同学刚才笑容绽放的脸上乌云盖顶，嘟囔道，褶子了，不少家长对公示名单提出异议，反映冒名顶替的不少，要求彻查。刚才教育局紧急开会决定，所有公示的新生除特殊证据，如人工授精外，一律采血，确认新生与学区房业主之间存在血缘关系。

王强脸色立即煞白。李校友不以为然地摆摆手，老王，你是医生，你怕什么？一句话提醒梦中人，王强若有所思地点点头，你说的狸猫换太子？

这场风波很快过去，一周后，DNA分析报告公布，王强的儿子顺利进入实验二小就读。

一年后的一天，王强赶到住院部值班，路过护士站时，听到几个美女护士扯闲篇儿。

A说，哎，你们发现没有，王强主任的儿子越来越不像他？

B说，你不知道呀？听说，儿子不是他亲生的，是另一个也叫王强的儿子。

C忙问，是他抱养的？

B嘴巴一撇，嘘，你的脑袋怎么这么轴？他老婆跟别人生了儿子还能告诉他？听说那个王强是南越生意上的合作伙伴……

两个月后，王强因抑郁症无法坚持上班，入院治疗。

半年后，王强的症状有所缓解，回家静养。据探望他的人说，他喜欢坐在阳台上，拿着儿子学习用的英文字母模型摆弄，尤其A、B两个字母，经常被他放在手中，上上下下反复折腾。

炒二代

鲲城市郊区的拆迁，让一批新的寄生虫兼赌徒新鲜出炉。一夜暴富让他们失去自我，迷失在金钱的世界里，可繁华过后，一地鸡毛，面对他们的可怜却令人觉得可恨。

鲲城市郊区，有一个坐落在丘陵荒草上的村子，二十几户人家。

他，家在村子最西边，爷爷那辈游牧，到父亲那辈才定居下来，种菜种地，是典型的农二代。

这年，二十二岁的农二代翻身了，因为鲲城经济开发区要占地拆迁。拆迁前，农一代和农二代做足了功课，拿出所有积蓄，把院子扩建为原来的三倍，老屋翻新并加盖了两间；院子周围栽满了树，密不透风；后面的山坡上，雇人凿挖成烧砖的土窑，密密麻麻上下两层，跟鸟笼子似的。

丈量完，村支书陪着开发区管委会、市拆迁办的工作人员前后跑了四、五趟，农一代和农二代摊牌：院子和房子300万，树、土窑100万，外加两套鲲城市区两套楼房，没有商量的余地。

眼见工期一天紧似一天，管委会只得同意，双方在协议书上签字。

农二代终于成了拆二代，昂首挺胸搬进了市区精装修的回迁楼。400万的补偿款在折上还没焐热乎，心仪的路虎车到货了，裸车160万，再加上税等杂七杂八的费用一共花出去190万，拆二代风风光光地把路虎开进小区。

虚拟回家

全村青年都变成了拆二代，拆二代们之间志趣相投，路虎、酷路泽、凌志，一辆辆豪车在小区里争奇斗艳，煞是热闹。

拆二代当然不会坐吃山空，他很有财商，把剩下的200万元拿去放高利贷，2.5分的月息，每个月有5万的利息收入，比种地来钱快多了。

失去了土地，拆二代们也就没了职业，生活变得索然无趣，为了找乐，大家相约打"飞的"去北京耍耍。

拆二代们争先恐后坐上头等舱，破茧成蝶，升格为富二代，逍遥在首都的大街上。王府井抢购全球限量版阿玛尼马甲，三里屯顶级 KTV 里嚎上两嗓子，再去小汤山泡泡温泉，富二代们志得意满，丰收而归。

回来歇了几天，富二代又无聊了，就约上小伙伴们再去一趟澳门。

澳门归来，富二代迷上了酒吧，每天晚上不到酒吧的舞池里晃上几个小时，第二天一准睡不到中午就醒。

时间这样晃着，就晃来了借贷危机，富二代不懂什么是危机，只是突然发现收不到利息。富二代去找高利贷公司，发现人去楼空；去找受贷的开发商，发现开发商跑路了，只有两座烂尾楼戳在那里。富二代去找鲲城市政府，可政府已在电视上播了两年的高利贷警示，该行为得不到保护。富二代只得到公安局备案登记，然后回家等着。

习惯于昼伏夜出的富二代们口袋忽地瘪了，白天纷纷涌下楼晒太阳——好久没见太阳，原来太阳很温柔，晒起来很爽。

但靠晒太阳解决不了生活费，富二代们商量着去卖车。在二手车交易市场转了一圈，发现鲲城富二代们全靠高利贷养着，现在都是肉包子打狗，待价而沽的八成新豪车找不到能出钱的买家。

走出二手车市场的富二代不幸沦为了贫二代。贫二代的豪车是一只贪吃不饱的油耗子，没钱加油成了压在骆驼身上的一根稻草。

骆驼厚着脸去找村支书："二叔，要不是你当初鼓动全村都拆迁，我怎么会混得这么惨？你可不能不管。"回迁小区里悲观情绪弥漫，贫二代们纷纷来找村支书。

为稳定，村支书通过市政府办找企业帮忙，找完东家找西家，能找的都得找，村支书最后找到我："你是老板，还得照顾照顾，解决一个啊！"

我一脸诧异地望着村支书："支书，你看看，咱毕竟是搞餐饮的夫妻店，没有岗位，如何照顾？"

村支书一脸的无奈："其他的饭店都招了不止一个，说啥也得招啊！"话说到这份上，我只得答应接纳一个。

第二天，贫二代开着一辆白色的路虎来上班，车子就泊在我那辆四万块钱的二手金杯车的旁边。

贫二代看到我漾在脸上的惊愕，连忙解释道："老板，车子总停着不好，出来磨合磨合，算代步了。"

贫二代每天的工作是擦擦桌子，择择菜，渐渐熟了，我说："你看，你开始是农二代，然后是拆二代，再后来是富二代，现在沦为了贫二代，除了煤二代和官二代，你把这些'二代'名字当葵瓜子都炒了一遍，还不如叫你炒二代呢！"

贫二代尴尬地笑了："叔，你不知道，我爹原来是厨子，村里谁家办红白喜事都会请他去炒菜，现在我也来学炒菜吧，这样我就可以名副其实地叫炒二代了。"

从此，我的小店里多了一个半路出家的厨子，出行开着豪车路虎，我管他叫炒二代。

但炒二代这个名字可不是他的专属，放眼望去，鲲城大街上开豪车曾经风风光光的老板，大部分都叫这个名字。

快递拿来了吗

这不仅仅是一个心理游戏，思维决定行动，乃至未来。

蓝天公司招聘行政秘书。经过初试和复试,王歌和李颂脱颖而出。两人都是本科毕业,综合成绩旗鼓相当,美丽指数也是难分伯仲。

负责面试的人力资源部戴主任有些犯难,因为计划只招聘一人,必须在两人中做出取舍。

戴主任开口道:"王歌、李颂,你们俩分别去一下302赵主任的办公室,将来要在综合管理部工作,他再给你们加试一场。"

王歌先走到302门口,抬手敲门,里面传来一声"请进",王歌推门进去。

一个中年男人坐在桌前,正在看文件,头也不抬地问道:"快递给我拿过来了吗?"

"快递?没人说让我拿、拿快递呀!"王歌一愣,慌忙回答道。

中年男人抬头:"哎哟!弄错了,我还以为是前台小刘呢!您是?"

王歌连忙回答:"您是赵主任吧?我是来应聘秘书岗位的王歌,这是我的简历。"说着,把简历递上去。赵主任飞快地扫了一眼简历,又还给她:"好的,回头人资部门会通知你们面试结果。"

王歌一头雾水地走出办公室。

过了五分钟,李颂来敲门,听见请进后,推门进来,赵主任正忙着在文件上签字,头也不抬问道:"快递给我拿过来了吗?"

　　李颂一愣，旋即道："抱歉，赵主任，我不知道有快递，我这就去拿。"

　　赵主任抬头："哎哟！弄错了，我还以为是前台小刘呢！"

　　李颂莞尔一笑："没关系，我是来应聘秘书岗位的李颂，这是我的简历。"说着，把简历递上去。赵主任没有接，说道："不用看了，回头人资部门会通知你们面试结果。"

　　李颂云里雾里地飘回到走廊里。

　　王歌问李颂："赵主任问你啥了？"

　　李颂摇摇头："啥也没问，你呢？"

　　王歌摇摇头："啥也没问，这叫啥面试？感觉他们两个部门没有沟通好。"

　　正说话，面试会议室的门开了，两人被叫了进去。

　　戴主任宣布，李颂留用。

　　王歌莫名其妙地走出会议室，不知道为什么没有被录用。

超级演员

　　一位退休的局长，偶然成了令人羡慕的群众演员，其走红速度叹为观止。而年幼未知的小孙子，却是那个揭开皇帝新装谜底的人。

　　一般人退休后，都会有强烈的失落感，而老赵却没有。他在正式退休的第一天，就再就业了。

　　那天早晨，老赵也如其他的退休老人一样，执行风雨无阻的任务——送读二年级的小孙子上学。从学校出来，他走错了路，七拐

虚拟回家

八拐了好半天，才摸出逼仄的胡同，置身一个热闹的大门口。

好奇怪的一群人，有人站着，有人坐着，仨一群俩一伙，像自由市场一般喧闹。老赵上前打听，原来这里是老电影制片厂的大门外，这些人都是群众演员，等着导演前来挑选，以求一个上镜的机会。

老赵退休前是某局分管文化教育的副局长，对表演略通一二，前几年，局里给市里进行汇报演出，剧本和表演都要经过他的认真审查。其中有两部反映劳模题材的微电影，他还出任过主演呢！

老赵深情地回忆完光荣史，鼻子里忍不住"哼"了一声，背起手，拔腿准备回家。刚走出三五步，一个身着红马甲的人上前拦住他，上下打量一番后，由衷地赞叹道："老先生，您的气质真是不错！"然后说明自己是导演，问他是否愿意去试镜。

红运当头来得猝不及防，令老赵几乎断定眼前的人就是一个"托儿"。但导演信誓旦旦，声明试镜决不收费，他才将信将疑地跟着去了。这一试不要紧，老赵凭借深厚功底，顺利成为演员，而且不是普通的群众演员，一步跨入主力助演行列，类似于联袂出演的那种角色，酬金自然不低。

随着多家电视台狂轰滥炸似的播出，老赵在业界的名气越来越响，很多导演找上门来，让老赵应接不暇，比上班时还要忙碌。

这天周末下午，疲惫的老赵没有拍摄任务，终于有机会在家陪陪小孙子。两人先玩了一会儿跑马竞速的游戏，老赵跪在地上有些力不从心，只得起身气喘吁吁地打开电视。小孙子爱看动画片，尤其是《喜羊羊和灰太狼》与《熊出没》两部，百看不厌。

一集《熊出没》播放结束，屏幕上突然跳出老赵的镜头，小孙子十分惊讶地张大了嘴巴。

看着小孙子那张粉嘟嘟的小脸儿上，拥挤着惊讶、崇拜和迷惑的复杂表情，老赵实在忍不住，被逗乐了，轻轻揪着嫩嫩的小脸蛋儿，笑道："孙子，不认识爷爷了？"

接连换了几个频道，电视台居然像约好了似的，都出现了老赵的镜头，或站或坐，或躺或卧，穿西装的、穿礼服的、穿白大褂的，穿破衣服的。总而言之，老赵的状态拿捏得非常准确、到位，上镜有气场，装什么像什么，讲什么让人信什么，镜头虽然不多，但所做的表演无不驾轻就熟、出神入化、栩栩如生。

小孙子认真地看看电视，又看看爷爷；再看看爷爷，又看看电视——像在玩开心找不同游戏。看着看着，小孙子突然呜呜哭起来，哭声越来越大，泪水涟涟。老赵手忙脚乱地哄了半天，这哭声才渐渐降低下来。

涕泪初止，小孙子一言不发，开始低头折叠小星星。不大工夫，小家伙就叠了一堆小星星，五颜六色的，把一个白色塑料罐装得满满的。

这时，房门忽然开了，老赵的儿子、儿媳推门回来，小孙子直扑进妈妈的怀里，放声大哭起来。

儿子莫名其妙，问老赵怎么了？老赵也是一头雾水，摇头解释说，刚才孩子看电视时好端端的，突然就大哭起来，自己也在纳闷呢！

小孙子把爸爸、妈妈拉进卧室，手捧着那罐小星星，呜咽着说道："妈妈，我今天才知道，爷爷居然得了那么多严重的病，我怕爷爷活不了几天了，所以给他叠了一罐小星星。"

儿子非常奇怪，追问道："爷爷不是好好的吗？谁告诉你他得病了？"

小孙子晃晃脑袋，回身打开挂在墙上的电视，恰好老赵的镜头闪过，他指着尚在滚动播出的医药电视广告，说道："这不是吗？

还有好多电视台也在播，你们看看爷爷多痛苦呀！爷爷为了瞒着咱们，都没敢说自己的真名！"

炒股秘籍

中国的股市，是以散户为交易主体的市场。作为一个零和游戏，亏的人居多，盈的人少数是其必然道理。可怀揣暴富心理的人，到处在追求着炒股只赚不亏的秘籍。

我是一个股海沉浮十年的老股民，经历过股市的大起大落、大喜大悲。虽然小有赢利，但大多数时间，都在被套和解套之间挣扎。

这天在广场早锻炼，我忽然看到一个西装革履的中年人站到台阶上，高声招呼大家过去，他要发表演说。凑近了细问，原来他是一位基金经理。

演说很快开始了，但他讲的专业词汇太多，以至于我们听得云里雾里。但他讲到自己的赫赫战绩时，我们听得一清二楚，确实是一个风云人物。有这样的牛人指导，炒股赢利还不易如反掌？

于是，大家打断了他的演说，希望他能推荐一些股票。

他却不慌不忙，又讲了一通宏观形势，讲得天昏地暗，唾沫星子乱飞，什么 CIP、PPI、M2 等等概念不一而足，让我们恍惚之中以为自己在听外语课。就在我昏昏欲睡的时候，有几个失眠的退休老人居然坐在地上打起了呼噜，把我吵醒了。

终于，他停止了演说，切入正题，说推荐股票不能免费推荐，毕竟他阅读了大量的调研报告，费尽口舌与各大上市公司的董秘们沟通，总而言之，时间、精力和脑细胞靡费无数。不用他说得这么直白，人群中就有人嚷嚷起来："我们都是股民，智商不至于那么低，快说到底要多少钱吧？"

基金经理依旧稳如泰山，从包里掏出一堆花花绿绿的信封，解释道，这一号黄色信封是炒 XX 实业的秘籍；这二号红色信封是炒 XX 高新的秘籍；这七号蓝色信封是炒 XX 股份的秘籍；这八号白色信封是有关其他股票的秘籍。这些信封的价格依次为 1000 元、900 元、800 元……400 元，九号信封的价格是 1000 元。不限一人买几份，现金不够，可以刷卡。

人群蜂拥而上，眨眼的工夫，就把成百上千的信封抢购完了，没能挤进去的，站在旁边直跺脚，恨亲爹亲娘把自己的胳膊设计得如此短，关键时刻劣势毕现。

基金经理又高声喊道，回到家，洗干净手，以示对我劳动的尊重。另外，请大家务必在要开盘时才打开信封！

我美滋滋地上班去了。到了办公室，洗干净双手，又泡了一杯咖啡放在桌子上。这时，时间已经指向九点十分，我迫不及待地从包里掏出一叠信封——因为好多股票我都持有，大部分是套牢的状态，我太渴望这些秘籍了。

信封粘得非常牢固，我只得用剪刀一个挨一个地剪开，然后，抽出里面的信纸都摊在桌子上。

我惊讶地发现，这些信的内容完全一致，上面写着：炒这些股票，我和你们一样血本无归，要想解套，像我这样做！

搞定肇事者

偶然的一场交通事故，使肇事者变成了渔利者争夺的对象，这些争夺目的昭然若揭。小小的电话里，上演了一幕幕大戏，而大戏背后，居然还有导演。

早晨，在一个并不繁华的十字路口，王强开车撞倒了一个叫小玉的女孩儿。

幸亏车速不快，王强把受伤的女孩儿扶上车送到医院。刚进病房输上液，小玉就睡着了。

王强拿起小玉的手机，在通讯录里翻找出标明"老公"的电话号码，他拨过去，一直是忙音。再用自己的手机拨打，无人接听。王强赶紧发了一条短信，说把对方的老婆撞伤了，让他赶紧来医院。过了许久，对方回复了四个字：你个骗子！

王强再拨过去，变成了忙音——估计自己和小玉殊途同归，也被对方拉黑了，王强无奈地摇摇头。

晚上回家，王强把撞伤女孩儿联系家属时却被当作骗子的事儿发到某论坛上，小玉卧床输液的照片附在后面，并留下了自己的手机号码。

帖子被大量转载，在网上引起了很大轰动，网民议论纷纷。

第二天上午，王强接到一个陌生的电话，那端的声音有些尖，像一只被捏着喉咙的鸭子，请问是肇事者王先生吗？

王强，是，你是谁？

对方，我是谁并不重要，有一个发财的机会你要不要？

王强，那要看是什么事儿，我能不能做得到。

对方，你肯定能做得到。你翻看一下小玉的手机，看里面有没有她和一个秃顶男人亲热的图片或视频，有的话发给我，我给你10万块钱。

王强，那我得找找看。

对方，如果没有视频或图片，没关系，你还有发财的机会。我听说小玉怀孕了，你一定伺候好她，让孩子生下来，如果孩子能安然无恙地生下来，并且抱给我，我给你50万。

王强，你为什么这么做？

对方，别问这么多好不好。

王强，你不说清楚我就不去做。

对方，好吧，你可不要跟别人说，姓赵的小子想跟我竞争当局长，我跟踪他很久了，可惜一直没拍到证据，一旦拿到了证据，你知道，他根本就不是我的对手……

对方还没有说完，王强就把电话挂了。

过了一会儿，居然又有陌生的电话进来，是一个女人的声音，你是肇事者王先生吧？

王强，是，你是谁？

对方，我是谁不重要，你帮我做一件事，我能让你发财。

王强，那要看我能不能做得到。

对方，你轻而易举就可以做到，能不能把小玉的手机交给我，我'消毒'后还给你，你就可以得到30万。

王强，你做这个干什么？

女人，你问得太多了，知道太多对你没好处。

虚拟回家

王强，你不说清楚我就不去做。

女人半天没有说话，像是在做激烈的思想斗争，隔一会儿，她说，那个狐狸精勾引我老公，拿偷拍下来的视频要挟他必须离婚，否则就到他的单位去闹，我也是没有办法，我想保住这个家呀！说完，女人嘤嘤地哭起来。

王强长叹了口气，小玉已经怀孕了，你男人不是什么好鸟，你好自为之吧！说罢就挂了电话。

这些乱七八糟的电话太烦人了，王强恨不得把手机关了。忽然，手机又响了，是个陌生的号码，电话那端的声音低沉而沙哑，你是肇事者王强吧？

王强，是，你是谁？

对方，我是谁并不重要。你确认她叫小玉，1990年出生？

王强，我看过她的身份证，叫小玉，1990年出生，A省人。

对方长出一口气，果然是她。有一个发财的机会你要不要？

王强，你说说看。

对方，如果你偷偷给小玉吃一些打胎药，把她肚子里的孩子打掉，我给20万。如果你能让她死掉，我给你60万。

王强追问，你为什么这么做？

对方说，别问这么多好不好？关键是你想不想发财。

王强犹豫了道，如果她死了，她的亲人万一出现了让我赔偿，还得几十万，我还得坐牢……

王强絮絮叨叨还要往下说，对方打断了他，不就是钱吗？100万，你到底干不干？

王强咬咬牙，回答道，好吧！我干！

对方，事情成了，我付钱。

王强，不行，你必须先付一半，否则我不干。

对方，我付了一半，你不干怎么办？

王强，我干与不干你都要付钱。

对方，为什么？

王强，你姓赵吧？是副局长吧？小玉怀了你孩子是吧？她手机里有你和她亲热的视频和照片是吧？……

对方暴跳如雷，你怎么知道的？你这叫讹诈！

王强，你这叫雇凶杀人！

对方一愣，好吧，兄弟，都冷静冷静，好商量好商量，只要事情办成了，钱不是问题。先给你打50万，事成之后再付50万。

王强，好吧。

下午，王强去了一趟银行，账户上果然多了50万，他马上把钱都汇走了。

这时，王强已经走到了家门口，又一个电话打进来，他接起，低声说道，表妹呀，你估计的没错，那男人心狠手辣，丝毫不念旧情，接下来怎么处理，你得仔细掂量掂量。我收到了50万，已经给你打过去了。另外，你得多下床活动活动，装病也挺累的，我明天上午就接你出院。

天空的羽毛

七月的天空，居然生长出羽毛。而这些"羽毛"的背后，初觉毛骨悚然，复又感动。

儿子忽然没了踪影，老婆让我去找。

夏天的光景，周围摇曳着不知名的草。我在草丛中穿行，叶子如锯齿一般在面前晃悠，稍不留神，就会划伤自己。

从小到大，我们一直住在这人迹罕至的鬼地方。

摸索中，我碰到了儿子。此刻，他站在离工厂不远的地方，悠闲地哼着歌儿。

这小子刚出生时很平常，现在却异常高大威猛，每次跟他说话，我都要拼命仰着脑袋。当然，不止他，他的表哥、表姐都跟他差不多。他们精力充沛，每天有使不完的劲儿，天天唠叨着想爬树，但这里没有树，方圆百里范围内一棵都没有，只有草，跟大树似的稀疏却粗壮。。

我拍了拍他的大腿，儿子低头扫了一眼，发现是我，咿咿呀呀道："爸爸，天空生出羽毛了！"

天空又不是鸟，怎么会有羽毛呢？我眯起眼睛，将信将疑地望向天空，一切模模糊糊，地面上的建筑和广袤的苍穹在我的眼里一片朦胧。

儿子才是我的眼睛——他的视力太好了，看近处，赛过显微镜；看远处，赛过望远镜。

"哪来的羽毛？你净瞎说。"我猜想儿子看错了。

"爸爸，是真的。"儿子执拗地坚持。我忽然辨别出他指向工厂那边，忙确认："是工厂的方向吗？"

"对，对。"儿子肯定地说道，"就在工厂大球体的上方！"

"大球体的上方？羽毛？"我重复着，试图用自己的眼睛确认，白茫茫的轮廓里，像飘着鹅毛大雪。虽然看不清楚，但我意识到大事不妙，连忙吼道："儿子，那不是天空的羽毛，可能有问题，咱们赶紧回家。"

儿子听到我的声嘶力竭，慌忙蹲下来，背起我，一溜烟跑回家。

第二天，儿子张望天空，告诉我，天空的羽毛长大了，又厚又长，他话音未落，原本热辣辣的太阳，陡然被羽毛遮挡，让我感觉到一丝寒意。

第三天，地表突然剧烈地震动，经验告诉我，一定有车来。很快，传来马达声，儿子循声望去，肯定道："爸爸，来了很多车。"

我怕儿子的声音太大而暴露，赶紧拉他藏好。

儿子从草叶的间隙中侦察，断断续续告诉我，车队在工厂旁停住，下来很多人，卸下很多机具，在工厂旁边搭起彩钢板房。

二十年来，这地方从来没有这么热闹过。老婆也兴奋地跑来，我们全家低声欢呼，跟过年似的。

我们正看得入神，七大姑八大姨得到消息，从角角落落钻出来，我们寒暄片刻，就都潜伏在草丛里，眼巴巴地看着工厂，猜测着这些人来干什么。

人们没有发现我们，投入地忙碌着。

几天时间，工厂里就有了新的景象。儿子告诉我，他们在加工一个钢制的房子，好高好大，已经罩在原来的大球体上了。

儿子突然问我："爸爸，你不让我去工厂玩，难道他们不怕死吗？"

"谁会不怕死？"我拍拍儿子的脑袋，"可总要有人冒着危险完成工作，否则会死更多的人！记得二十多年前，事故刚刚发生的时候，死了很多人才建成原来的大球体。"

又过了两天，儿子突然大喊："爸爸，天空的羽毛没有了，那羽毛是从大球体里冒出来的！"

我长出一口气，终于又安全了。

工地开始收工。地球剧烈地颤抖，车队轰轰隆隆开走了。

儿子直播说，卡车走了，吊车也走了。还剩最后一辆，一个人打扮得像整装待发的宇航员，站在原地拍照片。拍完后，那人也上了车。

轿车渐渐远去，儿子突然叫起来："车子陷在水塘里了。"

这里刚刚下过雨，到处都是积水。

我们不能再隐藏了。我让儿子背着我，跑近一些，我模模糊糊看到，车门忽然打开了，车上的人似乎想跳下来。

"不能让他们下来！"我在儿子耳边吼道。

儿子高声叫起来，附近草丛里的表哥、表姐听到集结号，纷纷冲出来，儿子把我扔在地上，拉上表哥、表姐冲向车子。

车子上的人吓得哎哟一声，缩回车里，关上车门。

七月的阳光下，在切尔诺贝利核电站的废墟旁，采访修建新防护罩的新闻车陷入泥潭，三只变异的硕大老鼠把车推了出来——这将是明天的头条新闻。

可惜，因核辐射几乎失明的我——一只已入暮年的老鼠，哆哆嗦嗦靠在一人多高的草上，无法完全看清这一幕。

终结者

14 世纪的库布齐，地面上升起"卷轴画"，碾压了一切……

终究谁终结了谁？谁是谁的终结者？追问已无意义，终结的最后，可能是殊途同归的痛楚。

14 世纪中叶，在大西北的库布齐一带，有一支以放牧为生的部落，他们生活在那里已经几百年了。

那里土地广袤，树木繁茂，绿草如茵，溪水潺潺，是一处优质的牧场。

一天，一队客商打破了牧场的宁静。客商们对这片土地啧啧赞叹。赞叹之余，又觉得这片土地只用来放牧实在可惜。

客商们拜见了部落首领，建议开垦一些土地来种植庄稼。

部落的粮食是从中原一带抢来的，数量少得可怜。首领也想种庄稼，但没人懂得如何种植。

首领问，能否帮我们找到会种地的人？

客商们求之不得，立刻答应，但不是免费服务，他们看中了这里的参天大树。

牛羊又不吃树，砍了树还能扩张农田和草场，首领答应了。

很快，客商雇佣的农民成群结队地赶来，迅速开犁种地。

伐木工人也来了，没日没夜地砍伐树木。那些树木极其粗壮，成人伸开胳膊都搂不过来。这些优质的木料全都卖往中原，搭起了亭台楼榭，建成了木塔小桥。

客商们赚得盆满钵满。

更多的人捕捉到商机，纷纷涌来。库布齐以北的另一支部落收留了他们，请他们种地，大青山以南的土地都被开垦起来。

水杉、松树、胡杨、曲柳，原始森林一片片地消失。砍伐的队伍愈发壮大，不断向森林深处推进。

几十年后，创业的客商们老了，儿孙们接替他们的工作，重复着上辈的生意。但大树越来越少，最后，客商们终于无树可伐，纷纷解雇了伐木工人，相继撤离了库布齐。

虚拟回家

草地越来越荒，牛羊开始啃食草根，草根啃光了，就吃粮食，但仅两年时间，粮仓就见了底。曾经的万里良田再也打不出一粒粮食，再不想办法牛羊就饿死了。

部落的新首领召开紧急会议，最终决定向东北迁移，很快，队伍浩浩荡荡地出发了。

又一个早晨，曾经繁华一时的土地上死一样沉寂，仅剩下最后四名客商，他们收拾妥当，精神抖擞地上马准备返乡。

回头远望，眼尖的人突然发现北方出现了一幅卷轴画，灰蒙蒙的，在肉眼可及的地方快速展开，那幅画脚踩着地球，上连着云端，像一堵沸腾的墙向他们奔来。

四个人骑马前行，有说有笑，丝毫没感觉到危险的来临。

那堵墙飞奔到眼前，卷轴画变成了巨大的碾子。碾子滚过，人仰马翻，跌进沟里。沟坡上的沙柳救了他们的命，四个人连滚带爬，在背风的山坡上摸到一个山洞躲进去。

沙尘暴刮得昏天黑地，没了时间的概念。不知道刮了多久，四个人带的水喝光了，食物吃完了，马匹仅剩下骨架。四人商量，一个人留守，其余的人去找水和粮食……

时光荏苒，大漠浩瀚。这一段故事随着环境变迁而沉沦，淹没在历史长河里，却又在若干年后，被人们无意中打捞出来。

五百多年后，一支考古队来到库布齐沙漠，经过长时间的考察，在被沙土埋了一半的山洞里，发现了一具木乃伊和几张羊皮。经过技术处理，羊皮上发现了珍贵的文字记录，人们终于弄清了那段历史。

这具木乃伊被送到博物馆展出，轰动一时。

一天，老板张三带着上初中的儿子到博物馆参观，在博物馆门口碰见了同样带着儿子来参观的李四。

张三和李四都是省企业家联谊会的常客，彼此很熟悉，热情地握手。

李四说，张兄，听说去年贵公司尽管被环保局罚了五千万，销售收入仍然增长了 50%，真是佩服！

张三不好意思摆摆手说，我可比不了您，听说李兄的公司去年因为水污染事件停产三个月，您的企业还是进入了世界五百强。

两人这边寒暄客气，两个孩子结伴走在前面。

一个玻璃封住的空间里，一具木乃伊横卧在沙土上，保持出土时的姿态。旁边的玻璃柜里，并排挂着六张仿制的羊皮。两个孩子站定，仔细地阅读着仿制羊皮上的文字，认真听讲解员讲解。

听完了，他俩低头发现面前立着一块碑，上面用中英两种文字写着本组展示的主题：终结者（Terminator）。

终结者？好有趣的名字！两个初中生看了一眼木乃伊，又看了一眼厚厚的沙土，最后把目光停留在远处聊得火热的张三和李四身上，脑袋里全都是问号……

第六辑　无厘头

> "无厘头"是粤语方言，意思是故意将一些毫无联系的事物现象等进行莫名其妙组合串联或歪曲，以达到搞笑或讽刺目的的方式。

我是球星我怕谁

张三是头号球星，却因实力过于强大，终结了比赛的悬念，使赌球者无法赢利。于是，操纵者打起了张三的主意……

张三是 B 足球俱乐部的头号球星，更是 A 国足坛首屈一指的前锋。

联赛第一场平局后，张三率队一口气取得十四连胜。张三更是场场收获进球，只要他在场上，比赛胜负就失去了悬念。

结果没有意外，赌球客稳赚不赔，庄家 C 公司损失惨重。为了挽回损失，C 公司把目标瞄准了 B 队主教练李四。

下一轮联赛，张三在场上依旧生龙活虎，上演了帽子戏法，B 队以 3∶0 轻松取胜。看着记分牌，李四陷入了沉思。

很快，李四谋划下一场比赛，他把张三放在了替补席上。但名单还没上报，俱乐部总经理王五主动找上门，提醒道，张三可是咱们俱乐部的头号球星，要保证上座率，他必须上场比赛！李四只能点头。

恰好踢后腰位置的 7 号受伤，李四趁机把张三安排成后腰。

比赛开始了，张三游弋在中场，威胁不到对方球门，比赛进行到 80 多分钟仍旧 0：0。这时，张三在中圈附近断球成功，只见他往前带了两步，飞起一脚，皮球在空中划出一条完美的弧线，吊入对方的大门。

队员们兴高采烈，把张三高高的抛向空中。而这个意外结果却令李四愁眉不展。

联赛最后一轮，李四安排张三踢后卫。看到如此首发阵容，王五怒气冲冲地质问，为何让张三当后卫？

李四一指名单，王总，您看，球员伤病太多了，无人可用，张三能力最强，只有他能打不同的位置。

王五无语。

与 C 队的比赛开始了，前场没有了张三，B 队龟缩后场，任由对手攻势如潮，半场结束，B 队以 0：1 落后。下半场，C 队进攻仍旧水银泻地一般，继续狂攻不止，多亏张三在后防线上神勇发挥，才坚持到八十分钟没再失球。

C 集团以 10：1 的赔率押宝 B 队净负两球，李四如坐针毡，祈祷 C 队再进一球。

最后五分钟，C 队连续发威，守门员都冲入了 B 队禁区来争抢角球。

角球发出，C 队头球攻门，被守门员奋力扑出，皮球落在张三

虚拟回家

脚下，他想大脚解围却踢疵了，皮球像一发炮弹，直奔自家的球门。

观众傻掉了，球员呆住了，李四暗暗高兴。

但李四很快失望了，皮球重重砸中门楣，弹回到禁区葫芦顶，被几个球员一蹭，顺着风势，飘过半场落地，疾速滚向 C 队球门。C 队守门员急忙往回跑，刚跑回中线，皮球已经滚进了球网。这时，终场哨声响起，比赛以 1∶1 收场。

比赛结束，张三得意扬扬，牛皮吹得山响，无论把我安排在哪个位置，我都能进球。

这时，王五走进更衣室，他高声宣布：刚刚收到西班牙皇家马德里足球俱乐部的传真，鉴于张三的全能表现，该俱乐部出价 450 万欧元，张三正式转会！

三个月后，张三在伯纳乌球场正式亮相。但他像一只萤火虫，迅速淹没在众多球星璀璨的星光里。三场比赛，张三一球未进，接下来，他被牢牢地按在替补席上，鲜有上场机会。

度过难熬的赛季，皇马以 100 万欧元的价格，将张三卖回了 B 俱乐部。李四仍然是 B 队主教练，王五要求安排张三打主力，李四不敢反驳。

十万观众涌进赛场，想一睹张三回归后的风采。可找了半天，观众才发现张三居然穿着守门员服装站在门线上。

比赛开始了，对方三传两倒，迅速形成了一脚射门，但皮球被张三顺利没收。

张三向前跑了两步，手抛球发动进攻，但毕竟他不是专业守门员，皮球瞬间脱手，径直甩在对方前锋脚下，对方对如此贵重的大礼毫不客气，带球杀向禁区。

张三慌忙冲出禁区，对方前锋连续假动作虚晃，却没能晃过张三，反被张三从脚下断球，张三忘了自己是守门员，带球一路狂奔，如入无人之境，对方队员设置了重重屏障，用尽了拉、扯、拽、拌、铲的办法，都没能阻拦住张三。张三冲入对方禁区，盘过守门员，轻轻将皮球推进空门，现场响起山呼海啸的喝彩声。

李四身子一晃，一头栽倒在教练席上。

比赛结束，无所不能的张三被英雄般前呼后拥，记者们把球场围得水泄不通。

这时，A 国反贪局工作人员出现在球场，他们拨开人群，带走了张三、李四、王五、赵六、陈七、马八……

过了一些日子，调查和审判结束，李四被判刑三年，而张三和王五，分别被判刑十年。

一次失败的网购

富二代就该开豪华座驾、住豪华别墅、用豪华方桌，像张小思这样低价网购电脑桌的富二代，绝对算得上异类中的异类，所以，引发轩然大波也是十分正常的。

——以上，即为我们看问题的不正常心态。

灿烂的阳光把自己揉搓成万根金丝，钻过别墅的玻璃窗，雨点般打在富二代张小思的脸上，猛然把他从睡梦中唤醒。

看看时间，已经上午 11 点了。张小思起床，洗漱完毕，保姆上楼来伺候他吃饭。张小思拍拍脑袋，忽然想起来，一周前在网上花450 块钱买的电脑桌还一直没到货。

饭后，张小思打开电脑联系线上客服。他在对话框里写道："我是富二代张小思，请确认我的电脑桌为什么没有到货？"

客服答道："对不起，不管您是谁，只要告知我们订单号就行。"

张小思输入订单号："25094250。"

客服回答道："请稍等。"过了一会儿，又说："让您久等了。刚才查了一下，库房说您的地址没写门牌号，所以一直没发货。"

张小思恼怒，在对话框里输入一个大大的惊叹号："瞎呀？我写了金领商业中心啊！"

客服坚持道："对不起先生，要有门牌号才行。"

张小思愈加愤怒："我了个去。这个商业中心是俺爹投资开发的，任何门牌都是我的，我还填啥门牌号？"

客服连忙安慰道："实在对不起，您看这样吧，我现在就去跟库房解释一下，催他们马上发货，争取尽快给您送到。"

张小思愤愤道："什么尽快，限你们一天时间，明晚要是送不到，我就不签收了，到消协投诉你们去。"

下线后，张小思越想越生气，就把这次不愉快的网购经历添油加醋地描述了一番，发在了自己的微博里。

都市报记者李小赛很早就关注了张小思的微博，手机嘟嘟一响，他发现张小思的微博刚刚更新，打开查看，发现还挺吸引眼球，就在电脑上对张小思的微博做了截图，图文并茂地写了一篇报道交了上去。报道顺利审查通过，发在了次日的都市报上。

第二天临近中午，某公司总裁王大亮开完会，回到办公室，女秘书把当天的都市报放在办公桌上。王大亮拿过来翻了翻，对"张小思网上购物大吐槽"一文产生了浓厚的兴趣。可他仔细研究完，突然感觉脊背发凉，连忙拿出手机，给张小思的爹张大想打电话："大哥，您欠的八千万钢筋款是不是该给了？"

此刻，张大想正准备出去陪客人吃午饭，他连忙回答说："兄弟，咱上次见面不是说好等商业中心建成了，拿商铺抵欠款吗？"

王大亮急切地说道："大哥，不行啊，我可不能再等了。"

张大想解释道："兄弟，现在工程进展得非常顺利，再有两个月就竣工了。到底发生什么事儿让你这么着急？"

王大亮不想再兜圈子了，说道："张总，恕我直言，你看看今天的都市报，以你资产百亿的身价，儿子会买400多块钱的电脑桌？是不是你们公司的资金链出了什么问题？"

张大想赶紧拿起桌上的都市报瞟了一眼，顿时明白了，他立刻发誓保证，资金绝无问题，还把胸脯拍得哐哐作响，这才好容易安抚住王大亮。

刚刚挂断，某银行支行行长的电话又来了，他说刚才接到分行行长的电话，行长看了今天的都市报，觉得事关重大，要求支行立即对金领集团的还贷能力重新进行评估，最好能提前收回部分贷款。

张大想一听就着急了，又是唾沫星子乱飞地好一番解释，才把支行行长稳住。

放下电话，张大想气鼓鼓地从工地办公室二楼走下来，迎头碰见张小思，他抬腿就踢了儿子一脚，气哼哼地骂道："真是不长脑子，你要是买四万五的电脑桌能出这事儿吗？"说着，把团成一卷的都市报扔给张小思。

张小思拿起报纸还没看完，突然听见嗡地一声像马蜂炸了窝，从工地大门涌进一群人，有施工工人，有清洁工，还有材料供应商，里三层外三层把他俩团团围住，七嘴八舌吵着要结账。

这时，快递员赵小曼骑着电动车进了大门，刚刚进来就被蜂拥的人群挡住去路。他拿出手机，给张小思打电话，说电脑桌送到门口了，自己进不去，让他出来取。

人群的吵闹声震耳欲聋，张小思捂住耳朵，贴近了手机吼道："取个屁！你赶紧回去把价格改成15万再送来。"

快递员赵小曼莫名其妙地挂了电话，自言自语道："床上用的电脑桌哪有恁贵的？这人是不是脑袋进水了？"

遭遇专家级乞丐

应了那句话，只要肯钻研，行行出状元，这位专家级的乞丐又有诸多常人无法比拟的能力，让人佩服。

如果让他来做专业工作，也肯定能成为岗位能手！读者们肯定这样想，"我"也是这样想的。

又一晚的加班结束，我疲惫地走出地铁站，刚刚喘息着拐过墙角，几乎和一个人撞个满怀。

定睛细看，面前站着一个乞丐。大都市里，遇到乞丐并不奇怪。奇怪的是，他正脱去一身破破烂烂的行头，换上休闲装。

从前只是耳闻，今日得以亲见。我瞪大双眼，津津有味地欣赏"模特"时装秀。乞丐毫不在意，不慌不忙地换完衣服，笑着对我说："兄弟，你下班时不是也要更换工作服吗？"

见我不吭声，他从口袋里掏出一盒香烟，抽出一支递过来。吞云吐雾中，他缓缓道："我这人不贪婪，够数就下班，今天算是比较晚的。"

　　说着，他拉我在路边的椅子上坐下，接着说道："我限定自己每天赚够六百就行，加班加点对健康不利。"我每月算上加班费，不过一万元出头。六百块钱？健康？这些敏感的词汇像从椅子上长出的仙人掌，刺痛了我的神经。

　　见我心烦气躁，他宽慰道："你们一看就是白领，多么令人仰慕！咱俩年龄相仿，同样是工作，我们这个职业可得不到尊重。但没办法，我也有老婆和孩子，在这个大都市里，衣食住行哪样不需要钱？当然，大部分收入都还了房贷。"他推心置腹的一番话，让租房居住的我有些自惭形秽。

　　他没有顾及我的情绪，话痨似的继续说道："给你看一样东西，哪个职业想做好做精都殊为不易。"他从口袋里拿出一沓纸递给我。我轻轻展开，发现是几张城市详图，几十个区域画着大圈小圈，还密密麻麻地标注了各个时段的人流量和乞讨成功指数。在下方，罗列着成功率排名表，高居第一的是火车站地铁口。

　　看着我惊讶的表情，他道："这是天长日久积累下来的资料，差不多每天晚上回去，我都整理记录到深夜，将全天的乞讨过程和成果进行复盘，对时间、地点、工作时长、人流量、失败率、成功率、增长率等等资料进行统计分析，为今后的乞讨工作提供精细的数据，从而克服不足、提高效率，有针对性提出改进策略，以期消耗最低限度的资源达到更合适的效果。"

　　"天呐！每天你都花这么多精力做功课，难怪你收入那么高！这工作旱涝保收，比我们 IT 行业稳定多了。"我被他的执着打动，开始由衷地敬佩他了。

　　乞丐晃晃脑袋道："唉，不稳定啊！我们要面对变化的环境和动态的人，即便是同一个人，每天或多或少都有心理变化——就是说，

虚拟回家

今天的你并不能简单等同于昨天的你。你们的任何一点变化都可能影响我们的收入，所谓城门失火，殃及池鱼。"他的话让我茅塞顿开。

"话痨"起身，熟练地投币，从旁边自动售货机里买了两瓶饮料，塞给我一瓶——乞丐请我喝饮料，平时做梦都想不到。

喝下一口润润嗓子，他继续滔滔不绝："譬如说你吧，一看就是经常加班的白领，双眼无神，行走带风，惯打哈欠，一副与睡眠难舍难分的可怜相。跟你们乞讨，十有八九遭白眼儿，你们这样的人跟 ST 股似的，不到万不得已，回避为妙。对于那些涉世不深的小姑娘，满脸稚嫩，生怕我们脏了她们的衣服或者污染她们的眼睛，所以掏出五块、十块是常有的事儿，偶尔还能淘到五十元（瞧瞧，他用了时髦的'淘'）——这样的人是潜力股，需要培养并坚定长期持有。还有四十岁左右的人，他们往往不给钱，不但假装看不见，还经常拉着自己的孩子快走，但我们要尽量争取，因为他们收入高，家底殷实，偶尔拔下一根汗毛，粗细也赛过一块火鸡腿——多像大盘蓝筹股，放过实在太可惜。"

用五体投地来形容我此刻的心情绝不为过。我突然起身，从口袋里拿出一百块钱，在他眼前晃了晃，他一脸惊愕地望着我。

我拉住他的手，陡然笑了："走，我请你吃饭去。"

"为什么吃饭？"他嘴里嘟囔道，屁股依旧牢牢钉在椅子上。

"我想把你介绍给我的老板，凭你的水平，给他做操盘手，培养培养，炒股就会成为最适合你的职业。"

出乎意料，乞丐不悦地甩掉我的手，悻悻道："要不是因为炒股，我还是一个千万富翁，何至于乞讨呢？"

一条获得博士学位的狗

脸盆的冷水效应，如此异想天开的理论，居然被一条狗给证明了，虽有些惊世骇俗，却似乎又天衣无缝。

甄俭和麦莽是本科时的同学，又一起保送硕博连读班，最终同时留校任教。

年近五旬，甄、麦二位教授依旧保持着平行的态势，谁也没有领先或落后。两人的研究领域相近但不重叠，可以相互借鉴，又可以相互批评，没有你死我活的恶性竞争，两人的关系相处得颇为融洽。

这两年，两位教授桃李满天下，弟子们及其再传弟子羽翼逐渐丰满，因学科间交叉越来越多，观点上的冲突在所难免，这也殃及两位教授，使他俩原本亲如兄弟的关系出现了裂隙。但两位教授都是有身份的人，把事态控制得恰到好处，决不撕破脸皮。

李思是甄教授所带的博士生队伍中的一员，学习期间他进行了大量研究，总结出的理论称为脸盆的冷水效应。

该理论的证明方法是：一个脸盆里放进冷水，因为天热水冷的缘故，看起来脸盆上方雾气沼沼。这时，让不了解真相的人去端脸盆，肯定拒绝，因为怕被热水烫到。但告诉他真相，端起来确认果然是凉水，根本不会被烫到。如此循环几次后，再把脸盆里的凉水偷换成热水，人们端起来，依然不会觉得烫手。

李思的论述引起了麦教授的警觉，进而产生了质疑——热水就是热水，冷水就是冷水，怎么会感觉不到烫手呢？

学术造假——在李思的论文答辩会上，麦教授斩钉截铁地给出

虚拟回家

了结论。

尽管李思不断地解释，并且让同学王圣上场，多次重复了这个实验。但固执的麦教授坚持自己的意见。

此时，甄教授站起身，表情严肃地问道："以麦教授的意见，如何实验才能证明这个理论站得住脚，而且不是学术造假呢？"

麦教授想了想道："你们团队的人，都可能受过训练，双手耐热能力异于常人，所以在实验时才会从容不迫。"

甄教授耐心地听着，不置可否，麦教授继续道："当然，如果安排我的学生参加实验，他们被烫到，你们也会说他们装腔作势。这样，我提议，能否把学术委员会赵主席家的狗请来，参与实验呢？"

拿狗来做实验？真是逆天的主意，会场里一下子炸了窝，人们议论纷纷。

麦教授咳嗽一声，解释道："人做事儿，预先有导向性，可以被提前训练、收买或利诱，但狗却不会，烫就是烫，不烫就是不烫，不知道赵主席是否舍得？"

赵主席看看甄教授，瞧瞧麦教授，又扭头与旁边的副主席耳语了几句，也没研究出更好的办法，这才拿起手机，把正在附近牵狗散步的夫人叫了过来。

李思给狗扔了一块骨头，让它品尝到甘饴之味，然后，夺下骨头扔进脸盆里，凉水上方的氤氲雾气让小狗胆怯了，它围着脸盆转了好几圈，但最终抵挡不住美食的诱惑，扒到脸盆边缘，试图爬上去。

李思把脸盆拉远一段距离，狗马上跟过去，毫不迟疑地抱住脸盆。

这回，李思换了一个盛满热水的脸盆，把骨头扔进里面，狗径直冲过去抱住了脸盆。赵主席焦急地闭上眼，却没有听到狗的惨叫声，小狗的眼睛可怜巴巴地盯着盆里的骨头，丝毫没有异常。

全场掌声雷动，实验结论不言自明：脸盆的冷水效应的客观存在毋庸置疑！

但接下来，学术委员会遇到了难题，按照规定，参与创立理论的实验者，有三人可以获博士学位。答辩的李思和主要实验人王圣获得博士学位，还空出一个名额。

不等大家发表意见，麦教授发言道："我觉得必须遵守学校的规定，应该给赵主席家的狗黄黄授予博士学位，以表彰它在本理论创立中做出的贡献。"

众人鼓掌同意。

黄黄成了博士，风光一时，狗博士的大幅照片刊登在报纸上，众狗仰慕。

不日，学院领导班子换届，麦教授被任命为院长，甄教授未获任命，却失之桑榆，收之东隅，因脸盆的冷水效应理论被推荐为院士候选人。

由于城市养狗总数的限制，养犬证需要摇号，赵主席摇了两年都没能摇到。在黄黄获得博士学位不久，有关部门破例将养犬证送上门，黄黄终于拥有户口，解决了赵主席的心病。

据说，最倒霉的人当属脸盆供货商，他专门生产了那批实验用的中空隔热脸盆，但麦教授都快退休了，他还没收完货款。

神奇的生物胶

我的身体不由自主地跌倒，砸在半桶生物胶上，桶粉碎，胶四溢，我的身体像一个"大"字，被牢牢地粘在钢制地板上，无论如何都分不开……

虚拟回家

政府投资的开发区要占地，催着我们食品厂赶紧搬迁。

政策比较优惠，除了给一笔数额不低的补偿款，政府还在郊区给我们免费提供100亩地。扣除厂房和办公楼用地，还闲置了近90亩。

办公室马主任找我商量，我当即拍板决定开发利用，一部分种菜，一部分栽种江稻，尽快实现江米的自给自足。

时节不等人，说干就干。很快，厂区最西端开出几十亩地，打井抽水，再从市场上买回江稻苗，栽种了近50亩地。

我们食品厂主打产品是"良人牌"元宵，省内大部分超市都从我们厂进货。过了中秋，食品厂就用上了自己产的江米。自产江米颜色纯白、质量稳定，很快赢得了货商的好评。

到了国庆节，元宵销量突然大增，各超市、商场的催货电话不断，还有的大型连锁超市业务员来厂里驻扎，产品刚刚装箱就被直接拉走。

我们马上撤销了市场部，所有市场人员全部充实到生产一线。车间开足马力，加班加点搞生产。

同时，我派马主任外出调研，一定搞清楚导致元宵需求陡增的原因。过了一周，马主任风风火火地赶回来，他汇报说，经对多地调查，发现咱们生产的元宵除了好吃，元宵汤还是非常优良的黏结剂。

我赶紧安排食堂煮一锅元宵，待元宵熟后，盛出一碗浓汤，马主任找来两块钢板，用刷子抹上元宵汤，将钢板粘在一起。两个年轻力壮的小伙子用尽吃奶的力气，居然没能把钢板分开。再发动两辆轿车，用钢丝绳连上钢板，任凭轿车开足了马力，也没能把钢板拽开。

市晚报记者获悉消息，来厂里采访，见证了实验的全过程。第二天，一则关于良人牌元宵汤妙用的新闻报道见诸报端。经各媒体转载热炒，良人牌元宵全线脱销。

当机立断，我马上指示生产部，减缓元宵的生产，立刻提高出厂价。同时，在厂房里新开辟一条生产线，以自产江米为主要原料，制粉后与糖浆、草灰、豆沙等原料进行掺配，经数次试验后，生产出高效生物胶，并命名为"神奇牌"。

神奇牌生物胶一经推向市场，立即供不应求，迅速在黏结剂行业独占鳌头。

各胶粘剂生产企业纷纷来我厂学习，寻找生产秘诀。为了防止泄密，我给了马主任 10% 的企业股权，让他死心塌地跟我干。那些企业跟在马主任屁股后头学习，听到的都是云山雾罩的 7S 经营和 6σ 管理理念，与配方和原料的秘密没有一毛钱的关系。

第二年，我们又扩大了江稻种植面积。精心呵护到秋收，亩产量居然翻了一番。

用这批江米掺配后生产的生物胶质量更佳，使用后粘接强度大大提高，已经超过了用焊条焊接的强度。

我们马不停蹄，立刻递交报告，申请神奇牌生物胶为联合国农业综合利用产业化示范项目。联合国粮农组织接收申请后，很快联合国际商会共同委派外国专家组对我厂进行考察调研。

外国专家组在厂里驻扎了两天，对种植和生产的环境、工艺、操作流程等进行了认真而细致的考查。临走时，带走了稻田的土壤样品，说要进行化验。

我暗自高兴，这片土地绝无仅有，如果能通过粮农组织的考察认证，不但可以成功申请产业化示范项目，得到资助，还可以向国外大量出口生物胶。

过了一个月，粮农组织中国区总部负责人约翰先生又来厂里。

他把资料摊在车间会议室的桌子上，用蹩脚的汉语说道："经过我们的认真化验和比对，你们厂这块土地受过农药、重金属、工业污水的严重污染，并且先前还种植过转基因农作物，这些污染的混合效应导致江米黏性极强，但该生物胶中各项有害物质全部严重超标，长期使用罹患癌症的概率增加 10 倍。"

顿了顿，约翰又说："我查阅了相关资料，单从土地性质上说，你这块土地并非独一无二，地球上 35% 的土地跟你们这里相似，就是说，都受过这样的污染……"

他后面说的什么我根本没听清，我感觉心脏突然跳到了嗓子眼儿：我和神奇牌生物胶接触最久，患病的概率岂不是超过 100%？

我的身体不由自主地跌倒，砸在半桶生物胶上，桶粉碎，胶四溢，我的身体像一个"大"字，被牢牢地粘在钢制地板上，无论如何都分不开！

论文的蝴蝶效应

取消论文制度，本应是皆大欢喜的事儿，却引发了轩然大波，甚至摊上国际官司……

A 国政府突然宣布：自元月一日起，将全面取消论文制度。A 国公民，无论职称评定，抑或各级各类考试，都不再需要撰写论文。

此消息一经公布，A 国知识分子和广大学生喜出望外，奔走相告。媒体也刊登了大量文章，对这一人性化政策的推出赞不绝口，更为这一亘古未有的创举击节叫好。

两个月后，Ａ国社会保障部突然发现，失业率持续飙升。在这个平稳发展的国家里，一草一木都是按计划生长的，绝不可以有剧烈的波动，何况凭空多出数量庞大的失业人口呢？

议会会议上，部分议员要求Ａ国总理向议会解释。总理遂责令社会保障部进行彻底调查。

仅过了一周，社会保障部公布了调查结果：申领失业补助的人数平均每月上升30%，新增加的人员中，99%的人原来都是论文枪手。

这一结论使Ａ国总理大光其火，命教育部立即出台相关措施，鼓励论文枪手再就业，以缓解巨大的失业压力。

但一波未平一波又起，第一季度经济数据随后公布，该国出版业遭受重创，利润总额断崖式下跌60%。出版传媒总局经过认真调研，向总理做了专题汇报。原来，由于有偿论文发稿的绝迹，七成以上的杂志发行量下跌幅度超过30%；80%的杂志转盈为亏；40%的杂志因为稿件不足被迫由月刊改为季刊，还有一部分杂志宣布无限期停刊。

接着，卫生部突遇难题，退休的知识分子自杀人数激增，各大城市街道上救护车急促的喇叭声此起彼伏，令人闻之色变。卫生部迅速行动，组织了心理、生理、情感、人口等方面的专家成立特别小组，对多起自杀事件进行汇总分析，并对十余名自杀未遂的老知识分子进行走访。经过缜密分析，认定：自论文制度取消后，全国从未召开过论文评审会和论文交流会，这些经常作为专家穿梭于各个会议的退而不休的老教授和老工程师们，日子如白开水一样寡淡无味，无所事事，导致这些人面临严重的心理危机。令人担忧的是，高额的专家费收入再也没有了，对部分家庭的生活质量也产生了不

虚拟回家

良影响……

事态的恶化超出了人们的想象，问题接踵而至。A国政府不断收到报告——图书馆的新书收藏急剧减少，前往查资料的读者门可罗雀；复印业遭受打击，复印机扔得满街都是；欣欣向荣的造纸行业突然全面过盛，八成企业亏损，出现退市潮；因为职称门槛儿的大幅度降低，有一个小学毕业生趁机钻空子，晋升为教授级高级工程师，此例一出，不少人争相效仿，导致前往信访局投诉的人群排起长队。

这些问题令有关部门始料未及，不少赞成取消论文的知识分子的态度也发生180度大转弯，联合起来上街请愿，要求恢复论文制度。

一系列的突发事件把A国政府搞得焦头烂额，如此下去，注定好心办坏事，国将不国了。在议会和政府联合召开的紧急会议上，总统提议由总理牵头，前往世界上最发达的M国考察，汲取发达国家在论文体制上的先进管理经验，争取尽早出台新的措施，该提议获得一致通过。

经过外交部高水平的运作，一周后，A国总理一行即乘专机抵达M国访问。在M国总统亲自主持的欢迎仪式上，音乐刚刚奏响，突然而至的游行队伍将和谐的气氛打断，令双方政府首脑瞠目结舌。

好在M国总统反应快，与A国总理短暂协商后，临时取消了欢迎仪式，请游行队伍的代表走进会议室座谈。

座谈会在坦承友好的气氛中进行。原来，游行人群一部分来自M国的企业，一部分来自高校，另一部分来自律师事务所。而实际上，他们是一个利益共同体，他们本次游行共同的目的是：取消论文制度绝不仅仅是A国自己的一桩小事儿。因为，A国的论文大都抄袭自M国或其他发达国家，这种抄袭之风偃旗息鼓后，M国的这些企业和高校找谁打官司索赔呢？而且，抄袭的销声匿迹导致无赔可索，不是公然砸了 M 国这些大律师们的饭碗吗？

这一年的七月一日，M 国第一笔低息贷款落实到位，A 国重启了论文制度，举国上下拍手称快……

基础需求论

什么才是人的基础需求？吃饭？睡觉？喝水？

博士的毕业论文不是研究这些鸡毛蒜皮的小事儿，而是剑走偏锋，关注了《二十一世纪的基础需求论》，这可是创新型理论，此需要近乎人人不可或缺。

我的博士学习生涯接近尾声，毕业论文——《二十一世纪的基础需求论》也通过了导师的审核，为参加答辩，我做了精心细致的准备。

答辩开始，我刚刚抛出自己的观点，台下立马乱成一锅粥。评委和旁听者加起来好几百人，叽叽喳喳吵个不停，几乎把礼堂的顶棚掀翻了，主持人喊了几次安静都无济于事，答辩被迫中断。

评审委员会短暂商议，决定再给我两周的时间，把基础工作夯稳凿实，参加下一批答辩。

回到宿舍，我翻出柜子里的资料，一份份堆在桌子上，摞起来足足一米多高，这是近三年博士研究生涯的全部记录。期间，我对三千多人进行过书面调查，回收问卷 2500 多份，涉及的被访问者遍布各行各业。我翻看这些资料，被访者的脸庞像过电影一样浮现在我的脑海。

一周时间飞逝，我仅对几处数据进行了非常小、几乎可以忽略不计的修正。经过这一次梳理，我对自己的论文越来越有信心，索性坐下来，悠闲地看电视。

刚刚调到新闻频道，电视画面出人意料地切换到太平洋上。原来，一艘韩国渔船进行捕鱼作业，勾到了海底光缆。那根光缆是中美之间通讯的主通道，导致中国对外的网络信号全部中断，国内通讯也很快拥堵。

六个小时后，海底光缆修复。但事故产生的影响已无法恢复原状，国内的 WiFi（路由器）设备全部崩溃，数据端口发生物理损坏，全国 1.2 亿台 WiFi 无一幸免。按照目前国内企业的生产能力，大约需要十年才能更换完毕。

你考虑进口？国外的 WiFi 也有 50% 遭受重创，自顾不暇，主要发达国家对 WiFi 的出口开始采用配额制，每年仅允许向中国出口五台！

黑市上，库存积压的十台"三无" WiFi 的价格飙升百倍，仍然被秒杀，以致一"歪"难求。

虽然修改好的论文通过有线网络发给了导师，但与我热恋中的女友晓秋远在德国，我们每天通过手机宏信视频联系，自从 WiFi 故障以后，手机的 4G 流量飞流直下三千尺的速度，把我的钱包由两个巨无霸砸成一张春饼，我们的联系只能中断。

忍了几天，明天就要答辩了，我给晓秋打了一个越洋电话，她在电话里祝福我，但我听得出来，她不太相信 WiFi 物理损坏这个理由。她冷嘲热讽道，谎言编得段位太低，骗九十岁的老奶奶都未必相信，何况一个研究心理学的女博士？我无语，再多的解释都是徒劳，只有等博士论文答辩通过，我飞到德国去看她吧！这样想着，我挂断电话。

一夜辗转反侧，始终无法入睡。快天亮时，窗外突然闪过一道金光，然后，一个黑影"嗖"地跳进窗户，我定睛细看，原来是一台非常灵巧的 WiFi，长得瓷娃娃一般可爱，她从地板跳到桌子上，周身发出愉悦的光彩，我突然听到手机传来迷人的音乐——WiFi 接通了！

我被这从天而降的幸福击中，陡然睁开双眼，原来是一场梦。我有些怅然若失。忽然，我感后背一阵火辣辣的疼，忙跑进卫生间照镜子。顿时，我睡意全无，一直坐到天亮。

忐忑不安走进学校礼堂，我开始了又一次答辩。会场出奇地安静，尽管我的观点和上次一样剑走偏锋、标新立异，但下面居然没有了嘈杂喧闹的反对声，人们全都聚精会神地倾听，包括上次说我是学术疯子的沈教授，也安静地坐在第一排。

等我刚刚讲述完毕，台下爆发了雷鸣般的掌声，令我有些猝不及防。我的导师从座位上站起来，转身代我向大家致意，那一瞬间，我终于明白了，原来台下所有的评委和观众，身体和我发生了同样的变化，每个人的后背上都长出一个肉嘟嘟的新器官，器官上的指示灯不停闪烁着，显示无线信号已经接通，我把它命名为：人体嘟嘟 fai。

我的论文——《二十一世纪的基础需求论》获得全票通过，专家们一致认为，把 WiFi 作为基础需求是对马斯洛层次需求理论的最新补充，是人类对管理科学又一大贡献，鉴于我在基础需要理论方面的巨大成就，WiFi 基础需要论又被学者们称为锥子 WiFi 论，又称锥子歪论！

会议室里的呼噜声

领导在讲话，会议室里居然有人打呼噜。这令领导难堪，让会议组织者感觉尴尬，可要找出打呼噜的"罪魁祸首"，真没那么简单。

乔文盛调任某局局长不久，就遇到了烦心事儿：开会时居然有人打呼噜。

那次，新会议室刚刚投用，恰逢副市长来局里调研。乔局长坐在光鲜的主席台上做汇报，忽然听到台下传来呼噜声，值得庆幸的是，副市长表情没有什么变化，似乎没有听到，所以这事儿就遮掩过去了。

一个月后，局里召开双拥模范表彰大会，乔局长做总结讲话，讲到后半段，呼噜声故伎重演。乔局长脸色一沉，提醒注意会场纪律，可打呼噜的人似乎有意跟他作对，愈发打得沉稳、均匀。

乔局长放下讲话稿，摆手叫来了办公室刘主任，对他耳语了一番。

接着，乔局长滔滔不绝地继续讲述，刘主任则踱下主席台，仔细辨别了一下，发现呼噜声来自A通道，可他蹑手蹑脚地穿过A通道，却又感觉声音来自B通道。再走一遍B通道，发现声音跑到了C通道。就在刘主任百思莫解的时候，乔局长的讲话稿已经翻到最后一页，估计再有五分钟就结束了。

刘主任迅速调整了思路，他决定抓现行——看到底谁在睡觉。他从前面走到后面，又从后面走到前面，目光如雷达一般，从每个人的脸上扫过，大家也纷纷用困惑的目光迎候。尽管有些人目光游离，并未全神贯注，但绝不是睡觉的状态。而那呼噜声仿佛在示威，稳定、连贯、无处不在，低低的回荡在会议室里的每一个角落。

一无所获，但刘主任并不甘心。会后，他向乔局长做了汇报，希望在会议室里装二十个摄像头，使会议室里任意位置，都可以 360 度无死角监视和抓拍。

乔局长亲自拍板，批示申请报告，摄像头工程即刻上马，三周时间安装调试完毕。

半年工作总结会是验证效果的一个考场，有了摄像头的威慑，刘主任觉得不会有人再敢睡觉了。刚开始，如刘主任预料的那样，上半年的数据和工作汇总部分一切顺利。最后，乔局长开始做总结讲话，他说："下面，我通过如下三点点评一下半年的工作，希望大家做好记录，注意宣传和贯彻执行。"

这时，会议室里再度响起若有若无的呼噜声，起初很小，随着乔局长讲话的进行逐渐变大。刘主任坐不住了，迅速离开会场，钻进监控室，把五十多个参会人员的脸部都放大成特写仔细扫描了一遍，却未发现任何端倪。会不会有人偷偷放呼噜录音呢？刘主任又返回会议室转了一圈，到处都有的呼噜声直接否定了这种判断。

乔局长的讲话被越来越响的呼噜声切割得支离破碎，他的脸色变得铁青，会议也草草结束，回到办公室，乔局长把刘主任叫来，狠狠地批评了一顿，限期两周务必找出始作俑者。

刘主任压力沉重地回到办公室，头脑里闪过同学林楚声的影子，他是大学教授，研究方向是声音传播学，现在只能找他帮忙了。

三天后，林教授带着两个博士赶来。他们在会议室走了几遍，初步怀疑是会议室里不规则反射造成的。刘主任摇摇脑袋，对这个论断表示怀疑。

林教授微微一笑："老刘，我们先试试吧。"

虚拟回家

刘主任取来乔局长上次的讲话录音，放在主席台中间位置，打开麦克风播放，讲话刚开始一会儿，会议室里果然响起呼噜声。两位博士找来几块白板，将主席台围起来，以阻断声音的不规则反射，可惜没有任何作用，呼噜声依旧此起彼伏。而一旦关掉讲话录音，呼噜声又消失了。

感觉问题很棘手，林教授也眉头紧锁。又打开录音，他若有所思地来回走动，一会儿蹲在地上听听，一会儿伏在桌子上听听。最后，他果断地对刘主任说道："把桌椅全都搬出去！"刘主任一头雾水，但只能照办，唤来办公室的秘书和司机，花了半个小时，把主席台下的桌椅全都搬到楼道里。

再度打开录音，空空荡荡的会议室里，竟然没有了呼噜声。

"终于找到元凶了！"走进刘主任办公室，林教授抑制不住兴奋的心情，说道："呼噜声是那些桌椅发出来的。"

刘主任从椅子上弹起来："怎么可能？"

林教授拍了拍他的肩膀："结论就是这个样子的，我有百分之百的把握，解决方案只能你自己想了。"说完，扭头带人走了。

有了结论，如何治理却令刘主任头疼，把所有的桌椅都换掉？那得几十万元，今年的办公费用里可没有这一项。再说，如果换掉了，谁能保证新的桌椅不打呼噜呢？

过了两天，刘主任仍然没有想出万全之策。忽然，秘书敲门，送来一份市政府转发的省政府红头文件，题目是《关于精简无效会议和革新会议内容的通知》，通知明确指出，各级政府和事业单位，一定要精简无效会议，必须召开的会议，则务必剔除言之无物的讲话，给讲话稿挤挤水，将腐朽、空洞和八股化的讲话逐出我省各级会议。

传达红头文件的会议下午召开，由乔局长主持，坐在前排的刘主任惴惴不安，但他的不安仅持续了十分钟，会议居然顺利结束了。而那会议室里的呼噜声，自此之后，再也没有出现过。

分析师与状元郎

高手就是高手，高手在酒桌上的对话都是刀光剑影，充满玄机。而一千多年前，"股市"又是什么样子呢？

在某证券公司营业部的年度表彰会上，分析师赵满仓获得了总经理特别奖。

同为分析师的李宏和张升愤愤不平，他俩分别负责有色和煤炭，这两个行业是不争气的熊大和熊二，两人只能慨叹时运不济。

晚上，拿到大红包的赵满仓请同事们小酌。李宏和张升两人心情不佳，几杯酒下去，脑袋变成熟透的石榴。觥筹交错间，不免一唱一和，把心里的郁闷纷纷吐露出来。

赵满仓何等聪明，早听出其中深意，随口嘟囔道："这不是红眼儿病吗？"

李宏和张升的火气被点燃，立刻吆五喝六地叫起板来。

营业部郑经理不动声色，饶有兴致地看着三人。

李宏挑衅道："听说赵经理擅长讲故事，而且都和股票沾边儿，只曾耳闻，未能亲见，今天讲讲助兴如何？"

赵满仓焉能服输，满口答应。张升见状，立刻添油加醋道："现代故事没有难度，要讲，必须讲一千年前的故事，大家说对不对？"

看热闹的不怕事儿大，大家都跟着起哄，还有人鼓起掌来。

虚拟回家

赵满仓知道，即已答应，断然没有缩回去的道理。他定定神，不慌不忙讲了一个故事。

一千多年前的北宋初年，有个书生名叫金必重，他通过了州试。但因家中贫寒，没有盘缠前往东京汴梁参加省试。

金必重无奈，写了一张告示贴在闹市：哪些君子愿资助金必重前往汴梁参加省试，如得中进士，返还双倍；如得中探花，返还四倍；如得中榜眼，返还六倍；如得中状元，将返还十倍银两。

人们一时分不清真假，议论纷纷却无人揭榜。

这时，一位员外模样的人大摇大摆走上前揭榜，称如此买卖实在划算，自己愿意出一半的银两。

员外起了示范作用，人们一哄而上，你三两他五两地交钱，和金必重在拟定好的文书上签字画押。

很快，金必重收够了银两。翌日，整装出发，赶考去了。

转眼到了秋天，该揭榜时，皇帝突然下了一道谕旨，取消以往省试定终身，增加殿试。首次殿试，省试前一百名可以参加——金必重就在一百名之内。

热切盼望返还银两的人们不免失落，却忽然听说，捐助一半的沈员外乃金必重的街坊，实际上是托儿。

人们醒悟，纷纷来找金父，要求退还银两。金父没有办法，答应收秋后立即偿还，但只能原款返还。众人担心银两打水漂，就都答应了。

过了半个月，金父采收山药，未能如愿丰收，仅得了一半的收成，勉强支付了两成银两。得到银两的欢天喜地，没有得到银两的则不肯离去，逼迫金父拿家中之物典当。

危难之时，沈员外赶来，拱手道："金兄，少安毋躁，既然你已无力偿还剩余的三成银两，不如由我代为偿还，暂且记在我名下，如何？"

金父哪能不同意，连忙作揖道谢。

打发人们离开，沈员外又缓缓道："金兄，既然我承担着八成的银两，还容我提个要求如何？"

金父点头，沈员外说道："我见你家公子仪表堂堂，即便不中状元，也是人中之龙，所以我有意把小女许配给公子，不知意下如何？"

金父犹豫半晌，但想起儿子对沈员外漂亮的女儿有几分喜欢，就点头答应了。

不日，沈员外再次资助金必重，前往京城参加殿试，果真高中状元，派为幽州县令，赴任前，金必重与沈员外的女儿完婚，感情甚笃。

赵满仓讲完，自顾自地干了一杯酒。

李宏和张升你看看我，我看看你，齐声道："这故事可跟炒股没有一毛钱的关系，你输了！"

赵满仓刚要辩解，郑经理咳嗽了一声，娓娓道："李宏、张升，你们俩与满仓的差距不是一星半点。"

郑经理很有权威，大家都洗耳恭听，他继续道："众人资助，属原始募集，也可以叫风投；金父收秋还账，叫回购；沈员外再出三成银两，叫加仓。"

大家哈哈大笑，李宏和张升各被罚了一杯酒。

郑经理又道："得中状元，当然就是成功IPO。但IPO最大的受益者，不是状元郎，也不是沈家美女，而是沈员外，他控制风险，处心积虑，长线布局，沈员外是托儿这话，说不定就是他散布的，他利用市场传闻打压股价，加仓后得以控股，再成功收购，终于成为董事长！"

掺假的混凝土

在很多人看来，混凝土掺假不是新闻，混凝土不掺假才是新闻。所以，当媒体曝光路华公司往粉煤灰里掺杂粉煤灰的时候，大家愤怒的心情是可以理解的。

面对这种突发状况，一般公司的回应往往是澄清或辟谣，而路华公司，采取的行动不同以往……

东大桥施工进入尾声，突然因质量问题被曝光。

报料人称，大桥混凝土由路华公司提供，该公司的罐车每天深夜进入郊区发电厂，将粉煤灰拉回，凌晨生产混凝土时，大量粉煤灰被掺进去。

网络传播速度惊人，各种批评纷至沓来，大桥被迫停工。

市政府连续两天召开新闻发布会，出示相关资料，请建筑专家做技术讲解，但对于已沸沸扬扬的网络声讨，不过隔靴搔痒。

事件持续发酵，网民的批评声一浪高过一浪，称市政府对本地企业姑息养奸，市政公司委托的监理公司工作严重失职，在检验报告上随意签字，实乃为虎作伥，与虎谋皮。

关键时刻，市政府却失声了，似乎要低调处理。

过了几天，电视台突然发布一条新闻，人民公园的闲置区经过紧急整改，定于周末对外开放，将成为"混凝土"主题公园。

这个主题怪异奇绝，令人大开眼界，虽然体验费用1200元价格不菲，但形式新颖，人们纷纷打电话报名，一时间，报名热线发烫，只能通过抽签决定第一批体验者。

周六上午十点，数万人涌入主题公园。除了本地市民，还有附近城市赶来的网民，大家都想目睹这一奇思妙想的主题公园。

在公园空地上，路华公司的几辆混凝土车一字排开，电视台现场直播。五位体验者摩拳擦掌，按照各自的创意，由工人协助支起模板。

伴随着泵送机的轰鸣，已经搅拌好的混凝土哗哗灌入模板。在工人师傅的指导下，体验者拿着振捣棒，边操作边留影，现场热闹非凡。

时间一晃到了中午，二十个体验者全部完成体验。主持人宣布，由公园负责免费养护，两周后，体验者可检查自己的劳动成果。

接下来，电视台和晚报每天有对混凝土的养护情况进行报道，镜头里，蘑菇状混凝土身姿绰约，裤衩体混凝土风光独特。经过媒体炒作，市电视台的收视率飙升，人们也被吊足了胃口。

时间到了，人群再度蜂拥而至，各路媒体也摩拳擦掌，在现场架起长枪短炮。

很快，塑料布盖着的混凝土一一亮相，蘑菇状、三角堆、菜花形、裤衩体……纷纷露出庐山真面目，创意十足如同工艺品，引来闪光灯频频闪烁，人群发出阵阵欢呼。

但兴奋过后，人们很快发现问题，有的混凝土完好无损，有的混凝土居然已经开裂。三角堆形好似金字塔，本来很漂亮，却有一道拇指宽的裂缝，从顶部一直裂到底部。

再仔细检查，居然有近一半的混凝土创意体出现不同程度的开裂，看来路华公司的混凝土质量确实有问题，人们议论纷纷。

主持人不慌不忙地宣布：路华公司免费对开裂的混凝土进行修

复，不会影响观赏。同时，他请上路华公司的肖总工程师，由他讲述其中缘由。

肖总举起话筒，缓缓道："这次体验，我们提供了两种混凝土，一种普通混凝土，单纯由砂、石、水泥搅拌而成，没掺粉煤灰；另一种是普通混凝土中掺入10%粉煤灰，也就网上报料掺假的混凝土。"

啊！人群里发出一阵惊叹，看来质量掺假要不得，否则怎么会开裂呢？

肖总示意大家安静，又说道："混凝土就是人工制造的石头，其硬度比某些天然石材还要坚硬。但混凝土有一个致命弱点，就是硬化过程的化学反应会放热，这就是养护时浇水的原因。大家不信，可以上来摸一摸，现在混凝土养护还未完成，依旧有热量散出，我们在上面插了温度计。"

早有人跃跃欲试，跑上前查看，果然温度有高有低。

这时，肖总开启大屏幕，回放了浇筑混凝土的过程，令人惊奇的是，开裂的混凝土全都是没有掺粉煤灰的混凝土。接着，视频揭示其原理，粉煤灰的水化热为水泥的四分之一，掺配后大大降低混凝土的内部发热，所以不会开裂。而且掺入粉煤灰后，还有效增加了混凝土的强度……

东大桥工程顺利复工，路华公司声名大震，市政府从舆论的漩涡中解脱，网民开始反思一哄而上，盲目跟风，技术盲比文盲还可怕。

年底，市电视台综艺节目李总监获得省最佳电视节目创意奖，颁奖词说道：外行能解内行之困，开创了综艺节目的新形式。

第七辑 将军吟

广袤的草原，奔驰的骏马。将军仗剑，挥斥方遒，血战沙场。

将军是一位毅力惊人，胆量惊人，情感的细腻也同样惊人，在多年的疆场拼杀中，他虽把生死置之度外，却一样铁汉柔情，对孩子、对心仪的女人，有着常人无法企及的牵挂和大度。

阵前定亲生

大敌当前，将军却面对谣言的压力，很多人面对这样的压力，也许早就崩溃了，而将军，举动却如此非凡。

将军睁开眼睛，吃力地坐起来。他的背伤还没好利索，由护卫扶着，忍痛站起身，披上袍子，走出大帐。

赛罕塔拉山冈上，北风来得有些急。军师跟在身后，帮将军掖紧了袍子，同时低声道："将军，士兵的情绪很不稳定，都在盛传大公子阿木尔不是您亲生的，临阵大忌呀！"

军师抬眼，见将军的身体微微一颤，赶紧住嘴。

将军望着辽阔的草原，时光仿佛回到十几年前。

那时，将军还是一支先锋队的首领，经常带着小股部队打头阵，作战异常勇猛。在刚刚攻下阿其城的时候，他的第五个儿子在军营里降生了。

看着襁褓中的儿子，将军顾不得脱下甲胄，伸手把儿子抱在怀里，用粗糙的手掌去抚摸儿子额头上嫩嫩的皮肉，嘴里喃喃道："我儿平安！"

那时，将军的大儿子阿木尔才十岁，直直地站在父亲旁，个头已经蹿到父亲腋下的位置。他身体强壮，臂力惊人，能拉得开二三十斤重的弓。冬季狩猎时，他能自己骑马射猎。

赛罕塔拉的风越来越大，将军的目光落在旌旗招展的敌军大营。几万大军，把将军的部队围得严严实实。

将军叹了口气："看来，又是敌人的攻心战术。"不待军师回答，他又命令道，"回营，叫众将领议事！"

四十多人坐定，大帐里只能听见沉重的呼吸声。将军摆手，从大帐外走进来两个人——阿木尔扶着母亲。

将军向军师点点头，军师朗声道："军中盛传：阿木尔非将军亲生，此乃无中生有，毁我士气，为防敌军利用，今召集各级首领在此见证，日后不得以讹传讹。"众人齐声答道："是。"

阿木尔站定，军医走近，从他的手指上采血。大家明白了，今天要滴血认亲。几滴血落入皿中，军医又走向将军，将军的胳膊突然剧烈颤抖，军医连忙缩回了手，他知道，将军最近突发晕血。

将军脸色惨白，向军医挥了挥手，军医退下。缓了缓，将军的脸色才微微红润起来。他低声说道："采血不成，也要验证，否则，我军处在敌人的包围之中，军心一乱，必定全军覆没，就让我汗来决定是否亲生吧！"

说罢，将军唤过阿木尔，慈祥地拍了拍他的头。阿木尔现在是先锋，经常带百余骑兵冲锋陷阵，是将军最得力的助手。将军从阿木尔的脖子上摘下挂绳，绳上系着一枚铜钱，是西征的战利品，阿木尔喜欢，一直挂在脖子上。

将军把铜钱交给军师，让他举起，在众将眼前转悠了一圈，又交回将军手中。

将军道："这铜钱，一面空白无字，一面铸有图案，如落地时铜钱空白无字朝上，则阿木尔为我亲生；如图案朝上，则非我亲生。若非我亲生，阿木尔将革为庶民，其母将发配耳海。"

众将惊骇而莫敢言。阿木尔退后，扶住泪流满面的母亲乌日娜。

将军把那枚铜钱捏在手里，像是在竭力挣扎，脑海里的影像，已驰骋在二十多年前。

乌日娜嫁给他的时候，他才十八岁。新婚之夜，两人正如胶似漆地说话，外面忽然传来马蹄声，还有人高呼："抢亲啦！"原来，临近部落闻听娶亲，前来抢亲。

他和乌日娜爬起来，刚刚穿好衣服，已经有人用力踹门，他击破后窗，一跃而出，准备回身拉乌日娜时，抢亲的兵丁举刀砍来，乌日娜大喊："别管我，你快走！"他冲出包围，再回头，蒙古包内已空无一人。再见到乌日娜，已是十个月之后，在一次战斗中，他抢回了乌日娜。回来不久，乌日娜即临盆，生下阿木尔……

将军从沉思中睁眼，他坚定地举起铜钱，高高地抛向空中，阿木尔和母亲紧张地闭上了眼睛。

铜钱"当"的一声掉在脚下，军师拉过一个小首领，两人迈步向前，低头细看，然后高声叫道："空白无字，阿木尔是将军亲生的，是亲生的！"

阿木尔睁开眼睛，兴奋地跳起来。将军默默地弯腰，拾起铜钱，揣入怀中，厉声道："众将听令，今夜突围！"

五年后，因战功卓著，将军获封地千里。他把这些封地分给五个儿子，其中，大儿子阿木尔贡献最大，封地最多。

将军五十岁的时候，依旧老当益壮，征战四方。在一次战斗中，他于阵前被暗箭射中左眼，阿木尔拼死救回，但终究不治，将军卒于喀尔河。

在整理将军遗物时，阿木尔在将军贴身的口袋里，发现了那枚铜钱，铜钱上面沉淀了光阴的荏苒，定睛细看，铜钱的两面竟然全都无字。阿木尔惊异地揉揉眼睛，发现一个光面并不平整，方孔周围的图形被人磨掉了，依稀看到一枚指纹！

阿木尔举着那枚铜钱，泪飞如雨。

除奸定西山

……七日后，将军率大军攻下鸡踝城，遂将鸡踝山改名定西山，将鸡踝城改名定西城，并令副先锋旭广留下镇守。

定西地区此后百余年太平安定，五谷丰登，百姓乐业。

但攻克定西山的过程，是武力的角逐，也是智慧的较量。

夜，像浸了水的棉花，愈发沉重；雨，似散了串的珠子，噼噼啪啪地向下掉，没个停歇。

将军的帐篷里灯火通明，众将正在商议明日向异族发起总攻。

异族的大部队在鸡踝山北山坡扎下大营，有二十万之众；将军的部队在东边一处无名高地安营扎寨，与之形成对峙，将军挂帅的蒙古军有骑兵十万，步兵十万，两军数量相当。几次正面交锋下来，不分胜负。

强攻不下，必当智取，众将对第二天的行动方案各抒己见。军师力主安排一股部队从东麓翻过鸡踝山，经西北麓向北坡迂回，直插敌军后方，主力部队则正面强攻，使敌军腹背受敌。军师的计策得到了大多数人的支持，但将军没有说话。

偏将毕克见将军没有表态，激动地站起来，说道，军师言之有理，但我认为，应派遣两股部队各两万人，分别从东麓、南麓两侧向山顶进发，同时翻越山顶向西北麓迂回，这样能加快行进速度，加强后攻的力量。

将军点头道，诸位将军，军师之计颇为可取，毕克的补充更是妙不可言。既然如此，毕克，你率一股部队从南麓进攻如何？

毕克迟疑一下，说道，将军，末将可否不从？一来正面进攻压力最大，末将理应留在正面进攻；二来将军的安全末将不太放心。

将军正要说话，先锋旭烈站起身，高声道，末将愿翻山攻击。

将军颔首，抛一支令箭至旭烈脚下，道，明日三更天出发，由你率三万部队从南麓，与刺寒率领的三万东麓部队会合后，于午时前到达北坡敌军正反方，不得有误。

刺寒起身，与旭烈同时高声回应道，是！

三更天，雨住，自有两支部队冒着沉沉的夜色而去，点起的火把似两条火龙。

将军整夜未眠，清晨，令副先锋旭广来帐中议事，如此这般安排一番，将军讲完，旭广连连点头，就在他转身将走之时，将军发现帐外有人影一闪就不见了。

九时全军用饭。十时，副先锋旭广突传将军口令，立刻集结，准备展开总攻。众将集结上马，部队迅速行军，于十一时抵达异族阵营前，但见异族阵营旌旗招展，阵形整齐，似早有准备。

将军挺立马上，轻捋长髯道，哪位前去叫阵？

将军话音未落，一红袍小将斜次里杀出，直奔异族阵中，众人吃惊，此小将乃刺寒。异族队列中拍马杀出一员黑脸汉子，乃异族先锋蛮延毋。两人在阵前相遇，施展身手，杀在一处，大战五十回合不分胜负。

忽听北面一声炮响，从树林中杀出一支队伍，直取敌军大营。与此同时，西北面山麓杀声震天。异族首领蛮延邗一惊，还没明白怎么回事，后方大营突然火起，浓烟滚滚，后方不稳，阵中乱作一团。

将军命人击鼓，鼓声，马鸣声，呐喊声响彻云霄。五万骑兵从阵中杀出，直向异族阵中而去，步兵随后跟上。毕克立马挺枪，向将军喊道，末将去取蛮延邗老儿的首级。说罢，拨马向前跃去，尚未冲出去五米，副先锋旭广突然挥剑，将毕克坐骑的马头砍了下来，毕克一头栽下马来，早有兵丁涌上，将其五花大绑。

战争进展得很快，偏晌，异族首领见大势已去，忙指挥残余部队向西逃窜。

掌灯时分，将军得报，先锋旭烈部队佯从鸡踝山南麓、东麓登山，实则从南侧山脚下经西侧，正午前到达西北麓设伏，异族的五万军队本在山顶设伏，结果扑了个空；大本营起火后，该部队从山顶火速从西北坡下撤，下山过程中进入旭烈的埋伏，死伤上万，五千人被活捉，余部逃窜；偏将李凌率一小股部队，经过一夜行军，从北侧迂回至异族大营后方，将其帐篷尽数点燃，缴获粮草若干。

将军欣慰地点头，令鸣金收兵，清点物资，埋锅造饭，犒赏三军，并令众将则至将军帐中议事。

众将坐定，毕克被推进帐中。将军拍案怒道，毕克，你可知罪？毕克面不改色，不知何罪。将军挥手，一个老太太被搀扶着走进帐来。毕克大惊，慌忙跪下曰，母亲，你怎么在这里？老太太大怒，儿啊，想不到你居然里通外族，不思悔改。昨夜将军告诉我此事我还不信！毕克面色通红道，母亲，孩儿听信了异族的谣言，他们说您被扣为人质。

不待毕克说完，将军说道，毕克，休要狡辩，你帐中的五万两银子怎么回事？毕克顿时面如死灰，不再说话。将军拔令箭一支，掷于桌前，叹道，依军法处置吧！

毕克被拖出去斩首，将军半晌不语。良久，眼泪顺着将军布满沧桑的脸上流下，他缓缓地对老太太说道，亲家母啊，小女察花就是你的亲生女儿，你安度晚年吧！

七日后，将军率大军攻下鸡踝城，遂将鸡踝山改名定西山，将鸡踝城改名定西城，并令副先锋旭广留下镇守。

定西地区此后百余年太平安定，五谷丰登，百姓乐业。

历险巴鲁湾

面对一场"鸿门宴"，很多人会采取回避的态度，而将军，不但去了，而且风度翩翩，谈笑风生，最终全身而退。而对手，对他却又如此充满敬意。

虚拟回家

这次西征，将军的部队突染风寒，大败，连夜向北撤退。

几百人的部队临近大青山，一支骑兵部队斜次里杀出，拦住去路。

两军列阵，将军挺立马上，抬眼观瞧，认出对方乃蒙古族定西部落，首领帖木儿。

帖木儿也认出满脸疲惫的将军，拱手道："看来将军西征，吃了败仗，我师以逸待劳，胜你实不足喜。"

将军不动声色，默默无语。

帖木儿是蒙古族中的前辈，其部落在大青山一带威望超群，将军曾率兵征讨，均未能正面交锋。

帖木儿不等将军回答，拨马离去，甩下一句话："给你三天时间，三日后战场上见！"

将军下令安营扎寨。寻求援军已无可能，只得治疗伤员，整顿兵马，单等战场上一分高下。

三天后的早晨，帖木儿派人送来书信，邀将军前往巴鲁湾赴宴。

"酒完好酒，宴无好宴！"军师担心道。

将军折上书信，心知是一场鸿门宴，但已别无选择。

临近中午，将军在军师耳边叮嘱一番，上马启程，只带一名随身侍卫前往。

策马扬鞭，半个时辰，巴鲁湾近在眼前。但见帖木儿的营寨旌旗招展，人欢马叫，从布置上看，至少五千兵马以上。

将军毫无惧色，径直奔向指挥大帐，守卫并不阻拦。进入营内，帖木儿背对着将军，立于中央。

将军站定，拱手道："帖木儿将军，别来无恙。追溯你我上次长谈，还是五年前的西部汗王誓师大会上。"

帖木儿转过身，表情严肃道："五年来，将军羽翼渐丰，不过现在，你已是瓮中之鳖，我的五千骑兵驻扎于此，你插翅也休想退回漠北。今日只带一卒前来，不怕成为阶下囚吗？"

将军答道："既然前来，死伤何惧？况且，我已派人翻越雪山回漠北报信，如将军把我扣下，我乞颜部决不会善罢甘休。纵观西部，仅你我能成气候，两霸相争，恐夏、辽乘虚而入，地盘必拱手相让。东、西部唇齿相依，金若从东部夹击，料东部也坚持不了多久。"

帖木儿挥挥手，列队的兵丁退下，摆上酒席，请将军入席。

帖木儿道："将军，定西部有自己的规矩，还望遵守如何？"

将军斩钉截铁："不敢不从！"

兵丁端上一个木托盘，上摆三只斟满酒的瓷碗。托盘放在将军面前，将军心中暗想：这帖木儿太小瞧我了，想拿酒吓唬我，区区三碗酒何足挂齿？

正想着，帖木儿道："将军，这三碗酒中，两碗是加了鹤顶红的毒酒，一碗是美酒。"

此言一出，站在将军旁边的持刀侍卫一哆嗦，将军狠狠瞪了他一眼，起身道："既然如此，我却之不恭！"说罢，伸出无名指，道："按我乞颜部的规矩先敬酒！"

刚要动手，帖木儿阻拦道："将军且慢，你部规矩为何一定用无名指？"

将军不慌不忙道："大拇指和二拇指见物捉物，小拇指抠鼻挖耳，均乃肮脏之指。中指实为不雅，故用无名指。"

帖木儿点头，将军左手托起一碗酒，以右手无名指沾酒，上扬弹出——敬苍天；再沾酒，下抑弹出——敬大地；复又沾酒，横于眼前，轻轻抹在自己额头上——敬祖先。然后，端起酒碗一饮而尽。

侍卫大骇，想阻拦却为时已晚，将军面不改色，又顺序托起另外两碗酒，重复刚才动作，均一一饮下。

帖木儿面无表情，看着将军饮下三碗酒，挥挥手，兵丁端上烤羊，将军旁若无人，大快朵颐。

餐毕，净手。将军起身，解下腰间短刀，轻轻放在桌上，拱手道："感谢将军盛情，来日定谢容纳本人之恩。"言毕，带着侍卫扬长而去。

帖木儿陈思片刻，端起面前一碗酒，仰头喝下。

军师慨叹道："首领此举，无异于放虎归山，他日必为死敌！"

帖木儿道："我何尝不知。但放眼草原，无人是他的对手。有他，实乃我草原之大幸！"

军师道："不过，首领明示有两碗毒酒，他却一一饮下，果然胆识过人。"

"他不光胆大，而且心思缜密，从漠北到大青山之南，何来三敬酒礼？"帖木儿道，"你不见他之所以用无名指，皆因他无名指上有银戒一枚，他早有准备，以银戒试毒耳！"

三年后，将军修整毕，复元气，再度纵马出征，旌旗连云，铁木真的名号随风飘扬。

情定雪上飘

将军也有儿女情长，面对姑娘的美貌，将军视如珍宝，但事实上，这也令将军面临巨大的风险……

雪，似花，漫天飞舞。大雪伴着呼啸的北风整整下了一夜。

早晨，雪住，风定，晴空万里，初冬的一轮红日高挂东方，照在及踝深的雪上，似针，扎在眼上有些疼。

将军挺立马上，如松般挺拔，望着山坡下的阿耳城。

那是一座孤城，一座被围困了两个月却未能攻下的孤城。将军戎马二十载，胜利无数，却攻不下这座城。久攻不下，士气斗志如气温般迅速消退，二而衰，三而竭。而老天似乎在与将军作对，昨天上午还好好的天气，黄昏时北风大作，入夜便下起鹅毛大雪。早起将军接报，昨夜数顶帐篷被掀翻，几十匹战马冻死在槽前，中原兵丁大都不习北方严寒，病倒者十之有二。

将军驻马沉思良久，观察良久，下令撤退。

为防敌军追击，将军命三军丢弃半数粮草灶台，连续三天三夜急行军，终于率众将士强行翻越腊子山口，方才驻营整军。清点，十万大军，损失近半，将军含泪，下令埋锅造饭，将军于帐内，来来回回踱着步子，冥思苦想未来破敌大计。

掌灯时分，有兵丁来报，野外巡视的士兵发现一个冻昏的女子，如何处置。将军令抬进帐中救治。

太医带几名女眷，在女子的身上揉搓许久，女子方才醒来。将军定睛细看，见那女子皮肤细嫩，唇红齿白，柳叶弯眉，欲笑还颦，是一个标致的美人。将军爱怜，细问女子来历。

原来，这名女子名叫腾珠，乃腊子山南麓一小山村人氏。前日，她独自上山采挖野山参，被一伙强盗劫持，行至半路，她寻机会逃脱，本想走回腊子山，返回家中，但因水尽粮绝，加之气温骤降，天降大雪，遂饿昏在雪地中。

将军听罢，炯炯的目光始终没有离开腾珠，直看得这腾珠花容含羞，头深深地低下去。旁边早有军师看在眼里，遂挥手叫来一名兵丁，如此这般地吩咐了一番……

虚拟回家

　　休整七日后，将军班师回朝，此时，腾珠已经梳洗打扮一新，随着将军左右，入京城后，即被将军正式纳妾，在将军府上伺候将军。

　　时间一转眼，四个月过去了，北方已是春暖花开，河水潺潺，一派春意盎然的景象。跟随将军多年的众将开始探讨再次北伐，以雪北伐失败之耻。众将与将军探讨此事，将军摇头：休养生息，待时机成熟时再说。

　　一晃两个月过去了，将军仍没有北伐的想法。众人明显感觉到将军似乎不求北伐，只求与腾珠一起，不上朝时他们常在家中对弈，两人的烂柯技艺均很深厚。

　　众将商议很久，决定利用将军喜欢腾珠。有人暗地里找到腾珠，用尽巧舌如簧之能事，撺掇她陪将军一同北伐，以便能顺便回家看看。腾珠动心，力劝将军北伐。

　　将军沉思良久，决定奏明大汗，两个月后直取阿耳城。说话间半个月过去，京城北方狼烟四起，望之，乃报喜之意。果然，不日书信送到京城，将军帐下偏将旭烈已攻下阿耳城，活捉异族首领哈尔扎兰。

　　消息传到，众将恍然大悟，此乃将军缓兵之计，以旭烈执行军令不利为由，解甲回家。暗地里，令旭烈率三万骑兵昼夜兼程，迅速攻下阿耳城，以防走漏风声。旭烈大师凯旋，将军甚喜，在家中设宴与众将欢庆，是夜，将军喝得酩酊大醉，卧床和衣而眠。

　　三更天的光景，一个黑影自屋顶飘然落下，偷偷溜进将军屋内。

　　黑影迅速走近将军床前，举刀奋力砍下，只听"噗"、"当"，黑影暗叫一声：不好。但已经来不及了，门被推开，涌进一群兵丁，点起的火把很快把屋内照得如白昼一般。那黑衣人乃一蒙面人，众兵丁齐上，立即刀光四溅，展开一场混战。蒙面人虽勇，但毕竟形单影只，渐渐落了下风，见势头不好，蒙面人忽而抽身欲跳窗逃走，早有一根绳索从背后抛来，蒙面人被拉倒在地，众人一拥而上，将其牢牢擒住。

这时，将军缓缓地走进来，依旧目光炯炯地望着蒙面人，长叹一声后，将军说道：雪上飘，何苦如此呢？说着，扯下了蒙面人的面罩，原来是漂亮的腾珠。众人非常诧异地望着将军和她。将军不慌不忙道：此人乃哈尔扎兰之侄女，武艺高强，轻功了得，踏雪无痕，人称雪上飘。此次施展苦肉计引我纳她为妾，以达到里应外合之目的。

此刻，腾珠花容已失，泪流满面：我叔父已成你们的阶下囚，我活着何用？言罢，突然向右侧一低头，咬住衣领，将军大喊：快拉住她！已经来不及了，腾珠口流鲜血，头重重地耷拉下来了——她咬毒自尽了。

将军紧咬嘴唇，命人厚葬。收拾完毕，众人转身离去，两串热泪顺着将军黝黑的脸上流下来，将军哀叹一声，自语道：腾珠，若不是奸细该多好！

将军每年准时去祭奠腾珠，终身再未纳妾。

越　狱

将军被敌军活捉，关入沙牢。但善于计谋的将军还是逃脱，并且率大军发动进攻，大胜之后，擒获了牢头和副牢头，于是，有了令人意外的唇枪舌剑……

初冬的北方，两军对峙。安营扎寨后，将军要亲自刺探敌情。

虚拟回家

这是一场发生在腊子山口抵御外族入侵的战争。每逢这样重大战役时，将军才会亲自去侦察。

将军回来路上发生了意外，平地跳出绊马索，将军栽下马来。两侧山坡上，敌军如从天降，二十多个马前侍卫瞬间做了刀下鬼，将军被活捉。

几经辗转，将军被押到异族后方，关进了滴水成冰的牢房。

异族首领几次提审将军，没挖到一丁点儿有价值的线索。

诱降，将军不为金钱和女色所动。

将军被打入死牢，等待处死。关在牢中的将军不能入睡，思绪万千。赶走异族的使命没有完成，不能死。将军决定越狱。

那是一座土牢，将军想挖墙逃生。他拿出暗藏的半只碗，趁黑夜开始在墙上挖洞，但将军很快发现，自己插翅难逃。异族人造牢费尽心机，他们砌的是空心墙。里墙和外墙之间的夹层里，已经灌满了沙土，只要挖透了里墙，沙土就不断地从洞口涌出来，挖不通不说，很快就会被看守发现。

吾命休矣。将军仰头长叹，做好了死的打算。

三天后将军将被处死——牢头向将军透露了这个消息，将军将死置之度外，只是遗憾于没能完成驱逐异族的大业。

将军请求洗澡更衣，连洗两天——死也要死得干干净净。

在是否让将军洗澡的问题上，正副两个牢头发生了矛盾，牢头说可以通融，副牢头说按牢典规定绝对不行。官大一级压死人，最后，副牢头拂袖而去，牢头命人给将军担来两桶水。

晚上，将军脱了衣服，面向南方跪下，口中默念，手抚南征北战留下的伤口，久久没有往身上洒水。

看守摇摇头，偷笑着转身走了。

随笔随语

第二天晚上，将军忍刺骨的寒，还是脱了衣服，跪向南方，口中念念有词。

看守摇摇头，偷笑着转身走了……

第三天早晨，阳光普照，地上皑皑白雪，雪中杀出一条小径，将军纵马扬鞭狂奔着，像一支离弦的箭。

将军一口气跑了三百里，跑过腊子山口，跑回了大营。

将军披挂升帐，账下跪着偏将毕达。

将军面青如铁，大声断喝：毕达，你可知罪？

毕达起身，面不改色，高声道，我乃异族皇帝爱将兀珠儿，在你中原已蛰伏五年，这次本想诱捕你而逼你退兵，如今事已败露，死而无憾。言毕，头撞柱自尽。

将军令人抬出厚葬，然后拔寨起兵，直发敌营。

将军亲自拔剑冲锋，三军用命，喊声震天，大败异族军队，三天内杀退敌军三百里。异族首领率残兵疯狂北窜逃命去了。

安营扎寨，士兵押来两个俘虏，说要见将军。

一个牢头，一个副牢头。

二人跪下，口中称愿意归顺。

将军端坐，言道，多亏了救命之恩！

二人面面相觑，不明何意。

将军大笑，高声道，你们给我洗澡水呀！我在墙上钻一个洞，灌水后沙土结冰，再用碗挖出洞来逃生啊！

二人大悟，面露轻松之色。

将军大叫一声，来人，把牢头拉出去砍了，让副牢头更衣听命。

牢头大叫冤枉，为何杀我而不杀他？

将军微微一笑，只说，毕达命已休矣。

牢头身子一哆嗦，口中急曰：悔不该酒后乱说，害了兀珠儿将军！一闭眼，被拖出去斩了。

将军大胜，班师回朝。路上，已为将军马前侍卫的副牢头低声问：将军为何不杀我？将军闭目养神，只淡淡地说，汝乃讲原则之人。

断袖金山寺

貌似平淡无奇的对话，却有另外一番绵里藏针、人性较量。

鏖战了三天三夜，将军率军终于攻下了阿其城，异族首领束手就擒。

十万大军，如蚁，浩浩荡荡由四个城门同时进城。将军挺立马上，他心中有一个大大问号——阿尔泰哪里去了？

阿尔泰，将军一生的敌人，将军与其交手近二十年，互有胜负。将军早就立下誓言，亲手斩杀或者擒获阿尔泰。

可近五年来，他与阿尔泰交手甚少，两军对阵，只见阿尔泰将军的大旗，一直再不见他亲自出战。

此次阿其城之战，仍不见阿尔泰来应战，而且就连部队的旗子也换了，他去哪里了呢？难道已经死了？将军暗想。

驻扎下来，将军升帐议事，刚说了几句，就有兵丁来报：将军，据说阿尔泰躲进后山寺庙里去了。

将军立刻更衣换甲，纵身上马，亲率一队骑兵直奔后山。

后山绿树荫荫，碧草葱葱，树影间荡着花香，流着鸟鸣水响。将军顾不得欣赏，纵马飞奔，马在山间小径，奋力扬蹄，直溅得草飞鸟鸣，打破了山中宁静，直杀向半山腰的一片庙宇。

到了庙前空地，将军令众将士下马，留两个兵丁守候。将军率领其余人马穿过空地直奔庙门。

庙门虚掩着。将军大喝一声，大步迈进去，跨上台阶，率人直奔正殿。

疾步跑到正殿门前，将军停了下来。正殿门上挂着纱帘，里面端坐着一个和尚，但见他身形硕大，脊背微驼。

将军一怔：想不到你居然藏到了这里，要不要跟我单独较量一番，一决雌雄？

阿弥陀佛，我佛慈悲，老衲早已了却人间恩怨情仇，何需较量？里面的人并不回头，低声回答道。

你怕了吧？哈哈。将军仰天长啸，你看知道我的脾气，人挡杀人，佛挡杀佛！

哈哈，和尚也笑了，仍然没有回头，老衲早将生存置之度外，何怕之有？

将军又笑了，那笑声很冷，让人不寒而栗：老贼，你不怕死，为何尔等小国已灭，昏君被擒，疆场上独不见你的踪影呢？

和尚一声长叹：将军有所不知，两国交兵，百姓涂炭，殃及生灵。腊子山南麓一役，首领怒杀二十一屯百姓，血流成河，民不聊生。老衲曾拼死阻止，但首领不听我等忠言，一意孤行，终杀人数以万计。自此，我心灰意冷，一心皈依佛门净地，求得个宽恕。

和尚顿了顿，慢慢地谢过身来，低声问道：将军十七岁随大汗南征北战，老衲想问将军，依您之见，战争为何？

将军语塞，不知如何回答。

缓了缓，和尚一字一顿地说道，为和。

将军不语。

和尚接着说道，请将军转身看山下，战争之灾重矣！

将军转身，正好看到阿其城的全貌，但见浓烟滚滚，形成的乌云遮天蔽日。

和尚站起身，慢慢地向殿内走去，将军紧随其后，示意众将士在外面候着。

和尚站定后说道，老衲听说，几日前首领力斩来史，直接激怒了大汗，老衲已知事情不妙。果然，大汗派将军为元帅，扫荡我小国。

我曾发誓不出寺庙，不问世事，但面临百姓有难，心中难忍。就下山劝首领顾及百姓利益，弃战求和，首领决意与元帅死拼，我等无能为力。

老衲心意已了，已成将军刀下之俎。说着，和尚端坐藤椅之上，闭上了眼睛。

将军长出一口气，定了定神，犹豫片刻。猛然抬手，手中的刀闪电般划过，唰的一声，和尚宽大的袖子被砍下一截。

和尚身体略微晃了晃，眼睛并没有睁开。

将军拿着断袖，转身出门。

来时还好好的天气，竟然阴云密布。将军刚刚站定，一阵响雷滚过，瓢泼大雨狂泄而下！

第八辑 一声叹

> 生活中，有很多感动我们的人和事。像《心盲》中的赵奶奶、《葡萄结》中的场长、《刎颈之交》中白褂子，都是极具正能量的人物，他们原本是普通人，却用不普通的举动把故事演绎得催人泪下。

游 戏

一个曾经的公务员，通过一场游戏，却体会了另外一番滋味。

太阳赤裸裸的没个遮拦，晒得白发苍苍的老人头上直冒汗。

他努力证明自己其实并不老，哈着腰，模仿面前的两个孩子。

女孩儿提议说，这游戏没意思，咱们玩大兵小将好不好？男孩儿补充道，爷爷，我跟你讲怎么玩，你要听好喽？

老人和颜悦色地点头，认真地听着。

沟通完规则，玩了几次就断了——老人棒槌似的不得要领，两个孩子很扫兴。

男孩儿说，爷爷，你太笨了，咱们玩将军列队吧！好、好，老人和女孩儿都鼓起掌来。

男孩儿做将军，老人和女孩儿当士兵。男孩儿耍士兵们蹲下，老人蹲的不够深，将军发飙，用手压住老人的肩膀，把他怼倒在地，还差点骑上去，让他嘿喽着。

旁边戴眼镜的年轻人跑过来，抻掇男孩儿说，唉、唉，怎么这样。捎带手儿去扶老人，老人摆摆手，男孩儿打了年轻人欠登儿的手，一脸愠怒道，你怎么这样，我是将军。

老人站起来，微笑着拍拍屁股上的土。

太阳悄悄转过树梢，笑盈盈地看着热热闹闹的几个人。

女孩儿上阵，当起了将军，挥舞着胳膊说，全体士兵列队！老人和男孩儿迅速站好。女将军指了指眼镜，你怎么不列队？眼镜讪讪地看了看，只得耿直脖子走进队伍，站在最后语儿。

女孩儿厉声喊道，戴眼镜的，你肚子太大了，收一收。眼镜很跌份儿，臊眉耷眼地收紧肚子，老人和男孩儿都笑了。

女将军威武地训话了，讲喜洋洋智斗灰太狼，滔滔不绝。

年轻人忍不住，低声提醒说，您看，快十一点了，咱们该走了，您的退休欢送会要开始了，教育司的同事都参加。

老人表情严肃道，别言语，将军正在训话呢！

好容易又挨过二十分钟，传来呼喊声，佳佳、端端，快回来，该回去做作业了。

接着，树林里闪出一个少妇，往这边踅摸，两个孩子说着再见就颠儿了。

少妇拉住他俩，抬眼看了看眼镜和老人，低声说，你俩以后记住，不要和陌生人玩，多危险！

眼镜刚要发作，老人拦住了他，温柔地目送三人消失在树林里。

眼镜又催促道，司长，赶紧走吧。

司长没有回答，而是擦了擦额头上密密匝匝的汗珠，答非所问地说道，今天学到不少东西，可惜啊……

战　术

半斤白酒下肚，局长显露出"麦霸"本色，他搂着六号尽情地吼起来。唱完一首，大家拥上前"买单"，局长也被奖励一杯。

正在兴头儿上，前厅经理溜进来，走近李老板低声说："纪委巡查要来。"……

相关文件下达以来，局长已经好久不参加饭局，更不曾去过歌厅。

这几天，邀请局长吃饭和唱歌的电话不断，作为秘书的我一律回绝。

但是，一个搞房地产的私人老板李誓廉通过关系跟我打招呼，说他会想个万全之策，一定保证安全，万望到时请示局长，我只得答应。

过了一周，李老板来电话，说一切安排妥当。我向局长请示，他摇头拒绝，我只得回复说不行。

不料，第二天上午，这个李老板居然请了邻县的赵县长出面，他亲自给局长打电话说情。赵县从我们局调走的，对局长有提携之恩，这面子可不能不给。

但局长一再叮嘱我，要遵守纪律。那两条纪律我能倒背如流：一是局长历来反对大鱼大肉和美女如云，一定保证吃的"素"，环境"素"。二是在歌厅里千万别叫他局长。我把两条纪律郑重地传达给李老板。

下班后，局里的人都走了，局长这才下楼，上了我的私家车，我们直奔金樽娱乐会所。

戴着墨镜的局长酷酷地迈进 VIP 包厢，李老板早已恭候，他上前毕恭毕敬地握住局长的手："大哥，来了。"局长亲切地答道："老弟，久等了。"

局长摘下墨镜，坐定。这时，排队进来一袭白裙子的姑娘若干，一个个面如桃花手如柔荑肤如凝脂，那叫个美！

李老板说："大哥，都穿的白裙子，够素吧？"局长点头："够素够素！"

李老板顺着局长的目光，点了身材高挑胸脯丰满的六号，坐在局长身旁，她自然地挽住局长的胳膊。

很快，茶几上摆满了菜，除了一盘鸭脖儿，全都是菌类和菇类，外加一盆鹿茸汤。李老板说："大哥，今天只有素菜和薄酒，但大补！"局长说："很好很好！"

薄酒是装在矿泉水瓶里的白酒，倒进杯里颜色淡黄，飘出一缕清香。局长举杯品了品，低声说："这是三十年的'老大'"。我暗暗竖起大拇指，我压根就没品出这酒是茅台。

半斤白酒下肚，局长显露出麦霸本色，他搂着六号尽情地吼起来。唱完一首，大家拥上前"买单"，局长也被奖励一杯。

正在兴头儿上，前厅经理溜进来，走近李老板低声说："纪委巡查要来。"

局长闻听，马上坐回沙发，脸色一沉，狠狠地瞪了我一眼。

我也丈二和尚摸不着头脑，只得愣愣地看着李老板。李老板似乎并不在意，和局长响亮地碰杯，一仰脖干下去。然后，打发六号去倒酒，他则拿出一副扑克，拉着局长说："大哥，来，斗地主。"

局长心情大坏，有些心不在焉，牌技自然大打折扣。还好，输赢的不是钱，而是李老板从包里拿出来的小纸条，上写：小王八。两圈下来，局长额头上、鼻子上、下巴上贴得满满的，我也贴了六张，李老板只贴了两张。

正在这时，门被推开了，几个人走进来，一进门就惊讶地说道："局长，你今天又在这里？"

一脸小王八的局长惊慌失措，刚要说话，李老板却站起来，扯掉小王八，热情地回答："原来又是几位领导，你们好，我们哥几个就喜欢这儿的环境，有感觉！"

领头的点点头："别人说这包厢里有局长，原来又是你，我们还以为是真的呢！"说完，一行人转身离去。

我替局长揪下纸条，他仍旧云里雾里。

李老板摆摆手，让六号出去。他坐下来说："大哥，算上今天晚上，我连续来这个包厢一周了，巡查前后来过三次，每次都看到有三个人在斗地主。前几次坐你那位子的哥们儿也输得满脸小王八，身材和大哥差不多，他们以为还是那个人。"

局长赞许地点头，又问："那他们为什么进门就叫局长呢？"

李老板哈哈大笑："我怕有人举报，就想了最可靠的办法，以防万一。"说着，他从口袋里拿出一张身份证递给局长。

局长接过来仔细看，发现照片正是李老板，姓名赫然写着：李局长。

局长大悦，拍着李老板的肩膀："我懂，这叫'狼来了'战术，兄弟，真有你的！"李老板斟满酒，和局长亲热地举杯，两人一饮而尽。

虚拟回家

忽然，包厢的门又开了，第一个进来的人我认识，是县纪委刘副书记，只听他淡淡地说道："没想到吧，这个战术叫回马枪！"

车载仙人球秘籍

车载仙人球秘籍？关键在秘籍二字，之所以为秘籍，是其理论的高深莫测，令人感叹。

我走出小酒馆的时候，夜色在路灯的追逐下漂得又高又远。风穿过楼间的空隙，转着圈剥我的衣服，我只好把羽绒服裹紧了，饮酒后的身体不由自主地打哆嗦。

忽然，手机在口袋里震动——有电话，我摸索着按下耳机上的接听键，传来的声音舌头有些短。

是阿柄。你、你喝多了？我惊讶地叫起来。阿柄是我的高中同学，也和我一样漂在北京，是我最好的哥们儿。

阿柄，你不跟老婆在家好好过节，闲着没事儿给我打啥电话？

啥？仙人球？我一头雾水，这小子，不知道哪根神经触电了，居然想开车载仙人球。

我不等他说话，索性一口气说下去，以避免酒精在我闭嘴时往头上涌。

轿车运送仙人球有两大要点。一是别用塑料袋包裹，因为仙人球会刺破塑料袋，就像一个有能力的刺儿头员工，不能压制，要引导，怎么引导？用一个绳子把仙人球花盆围起来，系紧，然后把绳子的两头拉成一条直线系在两个固定点上，这样，仙人球只能上下跳动，不易跑偏，或阴沟里翻船。

二是仙人球花盆万一倒了，千万别去扶，因为着急扶的时候，往往顾不上思考扶什么部位，用什么方式，结果会手上扎满仙人球的刺，那刺看起来毛茸茸的，但一旦刺进皮肤里，很难拨干净，经常造成红肿发炎。最好的办法是放一放，等仙人球稳定了，再慢慢按住花盆的底部，让这个"不倒翁"自己站起来，不但省力气，也比越俎代庖效果好。

我絮絮叨叨说完第二点的时候，电话那端睡醒了一样，突然问道，那第三点呢？

第三点？我、我不是说就两点吗？你是不是喝多了？我有点困惑，但如果说有第三点，那就是千万别酒后驾车。现在，开车就是你的工作，工作方法不对头，心情不佳，酒后迷糊，你开什么车？开不如不开，放下是最好的解决方案，磨刀不误砍柴工嘛！另外，我还要告诉你，车载仙人球，有一个最大的好处，开车不会超速，更不会去急刹车，因为怕仙人球倾倒，怕扎到人。所以说，车载仙人球，控制车速比系安全带还重要。我建议交管局，强迫每一辆车上都装一盆仙人球。

我终于结束了滔滔不绝，他呵呵地笑了。

挂断电话，我已经走到小区门口。

回头，有些心急的市民在街边点燃了礼花——2011年的除夕之夜，随着焰火在我面前绚烂地绽放。

第二天早上，我从煦暖阳光的抚摸中醒来，一场宿醉还压得我头疼。

手机响起，阿柄请我到家里吃饭，我问他昨晚给谁运送仙人球，他一愣，道，你喝多了吧？运什么仙人球？我昨晚一直在家里看春晚。

虚拟回家

我狐疑地挂断电话，连忙查找通话记录，昨晚那个40多分钟的通话，上面写着：私人号码……

打工的生活仍在继续，我先后送过快递，当过家教，甚至去麦当劳刷过盘子，直到一天，我接到一个电话，让我到国林大厦，那里有一个工作机会等着我。

因为工作更换频繁，我的简历四处发放，有单位通知面试是常有的事儿，反正国林离我不远，我骑上电动车赶了过去。

董事长办公室里，宽大的老板桌后面那张脸我并不认识，我如坠云里雾里，怯生生地坐下。他声如洪钟地问，怎么，不认识我吧？

你？我突然感觉到这个声音那么熟悉，拼命在记忆中搜索。

估计你一下子想不起来，我是三年前除夕之夜给你打电话的那个人。

他没有理会我张着大嘴的惊讶，继续说道，那时，我生意惨淡，迷茫无措，已经失去了奋斗的勇气。一个人喝完酒，坐在轿车胡乱地拨电话，结果你就接了，正是你车载仙人球的理论把我救了。现在，企业已经走上了正轨，所以请你来，做总经理助理，就负责后勤和员工培训，在讲人生哲理上，一般人比不了你！

董事长语气坚定，我断然没有推辞的道理，可我们仅一次通话之交……看到我有些迟疑，他爽朗地笑了，放心吧，我从网上查过你的情况，尽管学历不高，但经历异常丰富，比较适合我们这样业务复杂的企业。

对了，我还不知道您叫什么名字？我追问道。

他笑道，那次，我告诉你我叫肖仁庆，想找人聊聊天，而你，居然听成了仙人球，上来就开始给我讲车载仙人球秘籍呀！

熬　驴

巴掌大的东升镇，德仁老汉的德仁驴肉馆远近闻名，最突出的特点是驴肉口感异常细嫩、极其入味，让人吃上一口就很难忘掉。

德仁的秘诀在于熬驴。

巴掌大的东升镇，德仁老汉的德仁驴肉馆远近闻名，最突出的特点是驴肉口感异常细嫩、极其入味，让人吃上一口就很难忘掉。

德仁的秘诀在于熬驴。

人们只听说过这两个字儿，至于怎么熬，熬到什么程度，就成了德仁的独家秘籍。

每天上午，德仁都会去镇东头的集市上，精挑细选一头三、四岁口的小毛驴。在农村，这样的毛驴往往不是驾车拉犁的主力，皮肉很细嫩。但这样的小毛驴也有缺点，天不怕地不怕的犟。

驴犟肉不鲜，这是德仁总结出来的门道。

把毛驴牵回北郊平房，先拴在门口饿上一白天，临近傍晚，德仁用几桶温水把驴身上冲洗干净，然后，牵进自家后院的小屋里。

屋里围了一圈烟风道，连着外间的灶台。毛驴被关进屋里，拴牢，接下来，德仁开始添柴烧火，原则是：冬季猛烧，夏季缓烧。

只消半个小时，屋里就待不住人了，一准汗流浃背，再看毛驴，不住地躁动，驴毛湿润起来。

很快，毛驴变得焦渴能耐。这时，德仁又悠悠地出现了，他叼着烟卷，不慌不忙地拎上半桶水，走到毛驴面前。毛驴早没了进门时的倔强，把嘴巴伸进桶里喝水。

几分钟的工夫，半桶水就见了底。但这不是普通的水，而是加了盐和滤进香料的水，毛驴喝下，自然越喝越渴。这样，从傍晚熬到半夜，一头健壮的毛驴会熬得眼泪汪汪，不停地喘着粗气，身上的汗蒸干了，又涌出来，再蒸干，循环往复，逐渐给驴毛镀上一层盐渍。

到了午夜，给毛驴喂上一桶清澈的井水，撤火，德仁睡觉去了。

翌日，天刚蒙蒙亮，德仁去后屋牵驴，那毛驴乖乖跟着走到院间的架子里，架子逐渐收紧，德仁一刀毙其命。

新鲜切割下的驴肉，带着香料的香气和微微的盐卤味儿，全然没有生肉的腥气，无论如何加工，都保持食材的新鲜和肉质的细腻。凭这一手绝活儿，德仁老汉曾被授予县驴肉大王的称号。在镇中心开的饭馆一天火过一天，很快翻新成了三层小楼。

一天，德仁又去集市上买驴。

打眼一扫，就相中了一头小毛驴。但那头毛驴充满敌意地看着德仁，德仁见怪不怪，强拉着回家。那驴一步三退，不肯跟着走，德仁用胡萝卜逗引，毛驴不为所动。拿皮鞭抽打，毛驴只肯缓慢地向前挪。费了好大的劲儿，德仁才算把毛驴拖拽回家。

晚上，德仁特意多添了把火，烧得旺旺的，想煞煞这头毛驴的锐气。一会儿，毛驴热得一阵躁动。德仁面露胜利的喜悦，拎上半桶汤水走近，那毛驴眼睛里依旧是一股不服输的劲头，直到德仁走远了，才探头进去，但只喝了一口，就缩了回来，不再喝了。

德仁从未见过这样的犟驴，忍不住拾起皮鞭，向毛驴屁股上猛抽了两下，毛驴四蹄乱蹬，嘶鸣不止，又猛然张开大嘴，竟然咬断了缰绳，还没等德仁反应过来，早蹿出了屋子。

德仁追出去，乜见墙头围成的夜色里，黑影一闪，那头驴跳过围墙，没了踪影。

德仁慌忙叫上老伴儿和儿子，锁上门，一同出去寻找。

下过雨的路面，毛驴留下的蹄印比较清晰，沿着马路一路向北，德仁举着手电筒，径直向前追。

三个人走了一阵子，忽然发现前方一阵嘈杂，接着警灯闪烁，走近了，发现一群人，警察夹杂在人群中，大家围着的就是那头毛驴。

在与警察的交谈中，德仁老汉搞清了事情的原委，原来，这头毛驴是今天清晨被人偷走的，驴主人已经报警。警察正带着失主四处寻找，这毛驴竟沿路狂奔，仿佛想自己找回家。

警察要求失主和德仁到派出所做笔录。

一行人经过德仁家院子时，德仁发现了异样，打开院门，发现自家的正房竟然倒塌了，德仁倒吸一口冷气。

事后，原因查清，北郊煤矿采煤越界，把德仁家的地下采空了，脚下的巷道里渗水严重，再加上下雨，导致了局部塌陷。

隔了几天，德仁一家特意跑到乡下，给那头逃跑的犟驴挂上一朵大红花，把驴毛梳了又梳，掸了又掸。

自此，德仁老汉不再杀驴了。

镇上的人家，陆续搬走了十之八九。

李大夫的凄凉葬礼

李大夫这个人，活着争议，死后叹息，其评价，需要时间的沉淀。

李大夫行将寿终正寝，家人越来越悲伤。

虚拟回家

巴掌大的东升镇，李大夫是响当当的人物。在全市排排座次，他的医术也属于心内科的专家级人物，曾经有省城里的疑难杂症会诊请他参加，其医术之高妙可见一斑。这些年来，被他从生死线上救回的患者起码有一百人，小病小灾治愈者更是不胜枚举。这么说吧，李大夫跺上一脚，东升镇会余震三天。

这么一个有头有脸的人物病入膏肓，在东升镇注定是头条新闻，消息经过大家添油加醋地传播，早已尽人皆知。然而，奇怪的是，没有一个患者前来看望他！

但一切说怪也不怪，这怨不得别人，是李大夫自己种下的苦果。

咎由自取——这是茶余饭后，镇上的文化人总结出来的。

人们说，李大夫的医德太差，他对医药提成趋之若鹜。虽然从不胡乱给患者多开药、乱开药，但他对医药提成的贪婪早已臭名远扬，让患者闻之色变。

几年前，东升镇医院——也就是县第二人民医院，门诊有一个大药房，李大夫开的处方，笔走龙蛇，像写在纸上的一封密电码，只有药房的小姑娘才能破解其中的奥妙。但也有病人在划价后，觉得价格太高，药也不拿了，丢下处方偷偷溜走。为防止这种逃单现象，李大夫一度逼着自己的老婆春秀充当义务引导员，拿着病人的处方单，替病人去划价、抓药，谁想逃走？门儿也没有。

由此，这些被李大夫妙手回春治愈的患者，病虽痊愈，却没人对他感恩戴德。从他诊室走出来的病人，好似被撸下一层皮，放了几管血。"李扒皮"果然"名不虚传"，那名字又臭又酸，翻腾在大家的牙缝之间，恨得人们牙根儿直痒。

李大夫奄奄一息，从医院赶来的康大夫才满脸不悦地走进门。春秀赶忙赔着笑脸，请康大夫给输上盐水——死马当作活马医，也算没有放弃抢救。

康大夫一脸严肃，从随身的药箱里拿出一瓶盐水和一次性的输液管。他刚要准备，李大夫突然睁开眼睛，紧盯着盐水，嘴里呜呜噜噜的不知道嘟囔什么，或许看到大家不理解，竟然急得满脸通红。

春秀以为他想见女儿，就把闺女叫过来，李大夫看了看，摆手示意。春秀再看药价，康医生带着两种品牌的盐水，是医保统一招标的，价格一模一样。春秀拿给李大夫看，他还是拼命地摆手，并焦急地指着盐水瓶子。

这下子，春秀终于明白了，她对康大夫说："您别用这个牌子的盐水了，用另一个牌子的。"康医生不解地追问为什么。春秀无奈地摇摇头："您忘了，这个牌子没有那个牌子的提成高呀！"

高提成的盐水挂上，李大夫终于安静了，但这些努力并没能挽救这位肝癌晚期患者的生命，李大夫还是在输完半瓶液后，驾鹤西游了。

在东升镇，死人为大，葬礼都很隆重，远近亲属、朋友同事、街坊邻居听着消息会悉数赶来参加。但李大夫的葬礼属于异类，除了夫妻双方的亲兄妹，居然一个外人都没有，稀稀拉拉才十来个人。

春秀在李大夫的坟前哭得昏天黑地，怨他撒手人寰，没有留下什么像样的遗产，却留下人们嚼舌头的话柄，对"李扒皮"的憎恶，将背负在春秀的身上。

草草下葬，李大夫之死轻如鸿毛，在东升镇的人们的心中，跟死了一只流浪狗没有什么两样。

过了几天，省电视台的采访车突然到来，紧随其后的是省教育

虚拟回家

厅和县里、镇里的有关领导。人群涌进李大夫家的院子，东转西转一通猛拍。

春秀不知何故，迎上来询问。看热闹的人们也向院子围拢过来。

省教育厅的领导表情凝重，对着摄像机的镜头缓缓说道："李大夫是大家学习的楷模，他一直省吃俭用，多年来隐姓埋名捐助希望工程，我们在收到最后一笔捐款后，才获知了他的真实身份，今天赶过来，才知道他已经去世了。"

……

按习俗，给李大夫烧"三七"的时候，小小的坟地分外热闹，摆满了花圈，人们哭成一片。

坟冢前，新立的石碑上面刻着：李国庆之墓。李国庆这个名字，大家感觉即温暖又陌生。

春秀扶着墓碑，突然止住眼泪，只是长长的一声叹息。

一套猴票

方以驰幸福地拥有了价值连城的邮票，却也因为带来了烦恼，让人唏嘘不已。

人到中年的方以驰在设计院工作，他的业余爱好是集邮。

那年，老方认识了一个行家，手中有好几套极为珍贵的邮票。经过一番激烈的讨价还价，老方用了全部积蓄，花28万买下其中一套80年版整版猴票。

过了几年，老方被派到深圳进行现场设计，他把邮册随身携带，一干就是三年。这期间，集邮市场日渐火爆，老方手中的那套猴票市场价飙升到 100 万以上，把他乐得合不拢嘴。

老方捧着那套猴票，频繁出入在深圳举行的各种邮展，参加一次展出，他可以拿到五百到八百不等的报酬。

等设计结束撤回来，老婆南越发现老方经常唉声叹气，南越问他怎么了，他说深圳海风太重，自己休息不好，总感觉特别累。

一天，南越跟老方商量，能不能把那套猴票卖掉，加上积蓄，去买一套三居的房子，等儿子大学毕业从外地回来，要娶妻生子，三世同堂住三居方便。

一听南越说卖邮票，老方脑袋摇得像拨浪鼓，这邮票是我的命根子，不卖！

商量不通，南越郁闷难平，嘟囔道，你在设计院多少年了？这个家照顾过什么？照顾不上也就算了，挣的钱全投到集邮上去了，前些年你们单位分房，房款都是我交的，哪儿花过你一分钱？南越像一只烦闷的秋蝉，在老方的耳边聒噪个不停。

老方是个倔脾气，听了几遍就不愿意再听了，索性搬出家，住进小区不远的半地下旅馆。

南越也不搭理他，两人较着劲儿，幸亏儿子暑假没回来，这样一晃过了半年。

周末，南越在菜市场门口碰见了老方。半年多不见，老方的头发快掉没了，脑袋光秃而明亮。南越佯装没看见，想从老方身旁绕过去。

老方却说话了，南越，你等一下，咱们离婚吧！

老方的话像一声炸雷，把南越定在原地，她以为自己的耳朵听错了，或者老方说错了。老方没有看她，又说，家里什么东西我都不要，只要那本邮册，你这几天有时间的话，咱们去办手续。

办手续？他一定是有外遇了！南越猛然醒悟过来，她抓起手中的韭菜，狠狠地砸在那个秃脑袋上。市场保安跑过来，把南越拉开。老方默默地摘掉挂在耳朵上的几根韭菜，转身走了。南越望着他的背影，喊道，想离婚，没门儿！

再以后，南越断断续续听人讲起老方的一些消息，他果然有了外遇，是旅馆的服务员，那姑娘只比自己的儿子大两岁——真是老牛吃嫩草。但是，当初他要不是赌气去住旅馆，兴许就没有这段婚外情了，这样想着，南越有几分后悔，握着没有任何价值的结婚证，万般滋味涌上心头。

忽然一天，南越接到一个陌生的电话，那端的女人低沉而忧伤地说，南姐，你能来一趟万林公墓吗？

南越一愣，下意识地问道，你是谁？

那端答非所问，来了就知道了。

走进万林公墓，来到一个墓碑前，南越见到了那个女人。她挺着大肚子，怀孕六七个月的样子。再看那墓碑，上面赫然写着：方以驰。

啊！老方死了！南越惊愕地张大了嘴巴，半天说不出话。

女人跪在地上，费力地拿过一个档案袋，递给南越说，你应该知道我是谁了，这是老方的邮册。

拿着厚厚的邮册，南越语塞了。

女人自顾自地说，我怀了老方的孩子，我只要这孩子就行了。你太不了解老方，更理解不了他的苦衷。

南越无语，女人继续说，老方在深圳，经常出入集邮展会，他那套猴票，不知道怎么地就被人调了包，成了假的，变得一文不值。你逼他卖邮票买房，他怕你知道受不了打击，所以不敢说，就搬出来住。在旅馆里，他下班回去就借酒浇愁，那是一段多么难熬的日子！

后来，老方检查出患了胰腺癌，我陪他走完了人生最后一程，八个月时间，这人啊，说没就没了，变成了一捧骨灰！

南越瞬间泪进肠绝，长跪不起……

攀爬高手

一部攀爬高手练成记，读后却并不传奇。

"赵厂长，只能有三天时间，三天后数据不能正常上传，按文件规定下达罚款通知单，希望你能理解。"环保局潘局长语气坚定，没有任何商量的余地。

我沮丧地放下电话，望着远处高高的烟囱发呆。

昨晚，控制中心事故报警灯疾闪，烟气监控系统传来的数据突然归零。设备是装在烟囱顶上的，与市环保局监控中心联网。数据归零，说明系统哪里出了故障。不出五分钟，市环保局的电话就打到运行中心，询问数据为啥归零了。

但要想搞清楚原因，只有把烟气监控设备卸下来测试，找出问题所在，进而排除故障——这意味着要爬烟囱。

爬烟囱这三个字儿说起来轻松，但完成起来颇有难度，240米高圆筒状的大家伙，一般人站在下面，仰望着烟囱顶部的色环在风中来回摇摆，肾上腺素分泌就会激增，双腿打战是非常自然的反应。

上午，值班长把情况向我做了汇报，我本想联系环保局，希望多宽限几天，以便通过招标找专业外包队伍来干，但现在，没有通融的可能，只有自己人咬牙往上顶。

当我赶到烟囱下面的时候，检修分厂的小伙子们正在分厂厂长王强的监督下轮番尝试，但都很快败下阵来。成绩最优的小林，也仅爬到20余米处，就哆哆嗦嗦地溜下来，站到我面前气喘吁吁地说："赵厂长，我搞过设计，这么高的烟囱，顶部水平摆动2米多，不行啊，我哆嗦！"

有知者有畏，看来还得找外援。我给同学大徐打去电话，他是电建公司的副总，烟囱施工是他们的强项。

大徐在电话里把胸脯拍得叮当响："没问题，肯定能找到高手，明天一定到岗。"

第二天上午八点半，门卫把一个年轻的小伙子带到我办公室。他姓李，个头不高，身材瘦削，显得十分精干。

我和王强带小李过去，路上谈好了上下两次1500块钱。到烟囱底下，王强拿出安装图，给他讲设备如何拆卸，小李点头，把专用工具包背好，再穿上安全带，大步流星上前，他抬腿蹬住就开始攀爬。

只见王强像一只灵巧的猴子，沿着烟囱外壁的直爬梯一纵一纵地向上而去，他的身形在眼前迅速地缩小。

不到半小时，王强手中的对讲机传来一声：王厂长，我到顶了。

真有速度，我不禁暗暗赞叹。

很快，小李卸下那些烟气监测设备，装进吊笼捆结实，通过滑轮续到地面。然后，他开始向下爬。

从最后一阶直梯跳下来，小李头上微微出汗，算算时间，还不到两个小时，我拍拍他的肩膀："不错，小伙子，有速度。"

小李谦虚地答道："近两年没怎么爬，速度没有原来快了。"

中午，大家去吃饭。检修分厂把设备拿回去测试，发现故障出自就地控制器的连接线，锈蚀后的导线被风吹断了。他们迅速替换了导线，重新焊接，测试后故障果然排除。

通知小李下午两点半到现场，再一次爬烟囱。

小李更加娴熟，速度比上午还快，20分钟出头，就到了烟囱顶上，烟气监控设备用滑轮吊上去，很快就装好了，接通后测试，控制中心回复正常，环保局那边也打来电话，信号上传恢复。

避免了一次环保罚款，全厂员工的年终奖也就有了希望，我不禁长长地舒了一口气。

这时，只见小李壁虎一样贴在烟囱壁上，身子一缩一坠地向下而来。一会儿工夫，就跳在我面前。

王强把劳务费递给他，他点了点，欣喜地装进口袋里。

我问："小李，你还真是一个攀爬高手，是不是有师傅教过？"

小李摇摇头："俺是进城打工的农村娃，哪有师傅。"

"那你一定搞烟囱后期施工，要经常攀爬，所以训练有素？"

小李还是摇头："赵厂长，才不是哩，俺们施工队只做电厂的基础施工，很少有高空作业。"

这下把我弄糊涂了，追问道："那你怎么会有如此超强的攀爬能力呢？"

小李红着脸说："前几年，俺们队的包工头月月拖欠工资，没办法，我每个月都要爬几次一两百米高的烟囱，不爬，自己和工友们的血汗钱就拿不到。三年时间，我爬了几十次，就炼出来了。"

顿了顿，小李又说："不过，近两年公安局成立的劳动监察大队，再有拖欠工资的事儿，我们就直接去那儿了，问题很快就能解决，谁还再费劲去爬烟囱呢？"

无用的打卡机

无用的打卡机还打什么卡？这里的打卡机更像一个积分卡，积累着人生的信用。

若干年前，二十几岁的哈瑞还是一名初出茅庐的律师。

经济危机背景下，律师想找到称心的工作，也不是一件容易的事情。

所幸哈瑞去一家公司面试，得到了老板乔治的垂青，聘他作法律顾问。乔治告诉他，每天上下班都要打卡。

乔治的公司专门研发和生产打卡机，自己的公司都不用，怎么好推销给别人呢？

几个月下来，人们逐渐意识到，除了上下班走过去"嘟"的一声响，打卡没啥用处，跟收入无关，跟职位无关，公司的业绩依旧懒牛似的不温不火。

越来越多的员工不再打卡了。

又过了两年，公司仅剩下哈瑞还在坚持打卡。其他员工面面相觑，哈瑞爱听这打卡的音乐声吗？

哈瑞似乎不为所动，依旧我行我素，似乎有意考验打卡机的性能。

岁月在嘟嘟声中荏苒前行。忽然一天，乔治召集全体员工开会，他把厚厚的考勤表放到桌子上，语气沉重地说道："公司成立四年来，坚持打卡的仅哈瑞一人。本来，我想通过这种方式，选拔出忠诚公司、遵守纪律的人进入管理层，好将我持有的一部分股权转让给他。"

乔治说到这里，员工们惊讶声一片，都把目光投向哈瑞——看来，这家伙捡到大便宜了。

乔治却把话锋一转，又说："可惜，公司的产品一直没能打开销路。昨天，会计事务所正式审核完毕，公司净资产为负，将进入破产重组程序，所以，一切设想化为泡影。明天，各位都请自谋生路，祝大家平安。"

自己没坚持打卡却没有产生损失——原来打卡机是无用的，人们心里的一块石头落了地，大家意味深长地看了看哈瑞，近乎开心地接受公司倒闭的现实。

乔治走过来安慰哈瑞，哈瑞只是摆摆手，微笑着告辞了。

他离开公司，重操旧业，回到了律师事务所。

过了几年，律师事务所接到一个案子，指定由哈瑞等三个律师负责。

两个月过去，案情终于理清了头绪，另两位律师却宣布退出。打退堂鼓的原因有两个：一是案子涉及的金额貌似很大，但索赔金额只有寥寥几千美元，最终给律师的费用，不过一两百美元；二是案子难度比较大，还没有类似案件胜出的先例，打输的可能性极大。

哈瑞也犹豫过，但最终还是鼓起勇气，决定独自推进该案。

开庭那天，信心满满的哈瑞走上法庭，他的陈述对案子的判决起了一锤定音的作用——原告胜出。

法庭最终判定：被告赔付原告100美元，哈瑞拿到的律师费只有30美元。律师事务所更加可怜，仅得到15美元的收益，不得不把怨气撒在哈瑞身上。哈瑞虽然赢了官司，却丢了工作。

但哈瑞在法律界声名鹊起，不久，赋闲在家的哈瑞接受某高校邀请，前去担任助教。

虚拟回家

哈瑞没有语言天赋，他教的《现代法律简史》干干巴巴，没有学生爱听，简直成了催眠曲，课堂上呼噜声此起彼伏，响成一片。

直到过了四十岁的生日，哈瑞还在教课，勉强混了一个副教授的头衔。

但哈瑞自得其乐，业余时间经常消耗在图书馆的法律书里。他偶然发现，很多官司像他打过的那场小官司一样，非常不起眼儿，但日后，却成为法律界研究的对象和同类官司的判例。

哈瑞如获至宝，翻找有关卷宗，搜集法庭笔录，终于，在自己四十二岁那年，编辑成书，名为《芝麻官司铸就的判例大全》，此书一出，立即成为各大书店的抢手货，哈瑞也被破格晋升为教授。他挂名的律师事务所也因此大大受益，经常有客户点名要哈瑞作辩护律师。

一个周末，哈瑞忽然接到电话，通知他周一下午到白宫一趟。哈瑞一头雾水，但还是准时赶到白宫。

他被带进国务卿办公室，宽大的桌子后面露出来的面孔似曾相识。那人起身，热情地握住了哈瑞的手："哈瑞，我是新任国务卿乔治，你还记得我吗？"

"乔治？"哈瑞惊讶地瞪大了眼睛，可不是吗？正是那个倒闭公司的老板乔治！

乔治从容地说道："哈瑞教授，总统先生听从了我建议，已向议会提名你为国家大法官。"

第二天举行的议会会议上，总统的提议全票通过，四十八岁的哈瑞被任命为国家大法官。

幸福秀

幸福一旦与权力勾结，也就没什么幸福可言了。

李成副局长曾任局总工程师，工作上雷厉风行，专业技术水平高，管理能力也很出色。但令人困惑的是，李副局长惧内，稍有不满意的地方，李夫人就会颐指气使，对李副局长一顿呵斥，即便当着李副局长的下属，也不留一点儿面子。

如果换了别人，肯定会反戈一击，说不定会大吵一架。但李副局长仍旧面带笑容，对夫人和风细雨，往往一会儿工夫，"母老虎"就不再横眉冷对了。

在一次"三八妇女节"座谈会上，李副局长即席发言，绘声绘色地表达了他对家庭幸福的看法。他说，怕，就是爱；爱，才会怕。而爱，正是家庭幸福的基石。要把搞好家庭团结当作工作的一部分来抓，只有家庭团结抓好了，工作时才能全身心投入，才能把工作成绩抓上去，二者相辅相成。男人，就是难人嘛，不要怕丢面子，工作好了才有面子，在家里要面子有什么用？

大家顿悟，对李副局长的涵养佩服得五体投地。在这种幸福观的呵护下，他在群众中的威信也一路飙升。

前不久，刘局长上调省城，李副局长顺利升为局长。

一天晚上，李局长因应酬喝多了，走路发晃，舌头显短，我和办公室主任一左一右架着李局长，把他送回家。

我轻按门铃，李夫人打开房门，一看李局长又喝得云里雾里，就立刻露出了"母老虎"的本来面目，双手叉腰，高声道："李成，你怎么回事儿？又喝这么多酒？"

我赶紧满脸堆笑，想向李夫人解释，但李局长摆摆手，一改往日的儒雅，声音提高了八度道："你，你个臭婆娘，怎么跟老子说话呢？"

李局长话音未落，李夫人低眉顺眼地蹲下，把李局长的皮鞋脱掉换上拖鞋。然后，站起身温柔地搀起李局长，解释道："我不是心疼你，怕你喝酒伤身嘛！"说完，又扭头对我们说："谢谢你们啦，周末有时间过来喝茶，陪老李下下象棋。"我们连忙回答说行，就离开了局长家。

走出楼门，我依旧一头雾水，百思莫解地问："主任，我没看错吧？李局长怎么会跟夫人发飙呢？"

主任悠然答道："你还不知道吧？李夫人的叔叔昨天从市委组织部副部长的岗位上退休了！"

测　试

恋爱中的测试是最不靠谱的测试，就像"我和你妈掉进水里，你先救谁"之类的问题，近乎最不靠谱。

吉祥又一次在电影院里睡着了，乔曼终于爆发了。

她推醒吉祥，气呼呼地走了。等吉祥深一脚浅一脚地追出来，乔曼早没了踪影。

乔曼在拐角处上了出租车。脑海中，浮现出上一次的不悦。

那次，吉祥匆匆赶来一起吃晚饭，迟到了半个小时。乔曼叫上闺蜜崔晓晓同去，不料，吉祥带她俩去了小吃街，在一家肉夹馍店里坐下，他自己吃得不亦乐乎，弄得乔曼特别没面子。

正想着，崔晓晓打来电话，说她正跟男友准备吃饭，让她过去。

坐进韩国料理店里，乔曼忍不住，眼泪羞羞答答地滚下。

崔晓晓弄清原委，怒道："让我说，那吉祥就是个土鳖，你相信他是美国留学回来的？说不定是野鸡大学呢。你瞧瞧他开的车——SUV，估计都是二手的。"

"你说话别那么难听！"男友轻轻推了推崔晓晓。

乔曼抬头："我也觉得越来越不称心了，他现在还跟父母住一起。"

"他名下连一套房子都没有？"崔晓晓把筷子摔在桌子上，"天哪！你对他了解多少？你还想让屌丝逆袭咋的？"

饭后，坐上崔晓晓男友的跑车，乔曼下了决心。

晚上，吉祥发来微信道歉，解释说自己工作太累了。乔曼回复道：我们分手吧，你给不了我希望的生活。

信息像一片羽毛扔进井里，再无声息。

第二天上午，吉祥回复：心很痛，辗转反侧一夜，我尊重你的选择。

乔曼回复：身份证在你那里，我下午去拿。

乔曼第一次走进吉祥的公司。前台小姐礼貌地问她找谁，她气鼓鼓道："找吉祥。"

小姐笑了笑："是乔曼小姐吧？"

乔曼一愣："你怎么知道？"

"吉总开会前，交代说乔小姐可能会来拿东西。"说着，她把一个信封交给乔曼。

吉总？乔曼犹豫片刻，决定等吉祥开完会。

吉祥刚走出会议室，乔曼急步赶过去，挎住了吉祥的胳膊，低声说道："我不该跟你发脾气，其实，我是在测试你，看你心里是不是有我，你什么都没有也无所谓。"

"哦！可我真的一无所有。"吉祥异常平静。

乔曼娇嗔道："讨厌，还骗我，她们叫你吉总嘛！"

"那帮丫头，没事儿就能忽悠人。"吉祥还没有说完，会议室里走出一个老者，把车钥匙递给吉祥道："吉祥，材料尽快送到我办公室，下班再帮我洗一下车。"

乔曼落荒而逃。

过了半年，乔曼还是孑然一人——金龟婿不是那么容易钓到。

这天，崔晓晓拉乔曼去看一部电影的首映式。

开场，主持人介绍道："下面，请这部电影的主赞助商——轩云公司的董事长吉文轩先生讲话。"

乔曼看见一位老者登台，这不是让吉祥洗车的那个人吗？再看旁边，挽着他胳膊的那个年轻人，正是吉祥！

第九辑　微小说

微小说，像一部部浓缩的电影，把生活的酸甜苦辣都浓缩进了百字小文之中，但品评起来，却有独特的味道。

中秋月色

一块月饼，一段视频，一段记忆，一段感动。

圆圆的月亮挂在天上，迷离的城市灯光照在身旁。

阿牛掏出手机，拨通了熟悉的号码，甫一接通，女儿那兴奋而尖厉的声音立刻传入耳际："爸比，爸比，你在哪里呢？"

阿牛憨憨地笑着，回答说："我站在路边赏月呢，你在干啥呢？"

女儿哈哈笑着："我在接电话呗！接电话以前，我趴在窗户上看月亮。爸比，月亮上真的有嫦娥吗？"

"有嫦娥，真的有嫦娥，嫦娥喜欢在月光下跳舞，而月亮上永远都有月光，所以她就搬到月亮上去住了……"

女儿又咯咯笑起来，一会儿笑声止住，阿牛这才问起，听说女儿这次单元测验考了 100 分，女儿说是，阿牛用嘴巴鼓起掌来。

女儿又问："爸比，你吃月饼吗？"

阿牛说："吃呀，中秋节，怎么能不吃月饼呢？"

女儿说："爸爸，那你能拍一张月饼的照片来吗？我想看看城里的月饼是什么样子的。"

阿牛不想拍，但拗不过女儿。放下电话，他拍了一张照片，给女儿发了过去。

完成了任务，阿牛松了口气，拎起铺盖卷走到工地对面的大桥下面。

阿牛躺下，掏出手机，仔细地端详着自己的杰作，那照片上的月饼很圆，颜色诱人，散发出烤馒头的香味儿——幸好女儿闻不到。

最后一课

真正的人生一课，不知道谁上给谁。

一般人听到奉承，都会有如沐春风的感觉。

人们常说，最好的奉承方式就是玩命儿给他"戴高帽"。

学生甲走上仕途，即将去远方赴任。临行前，他前往老师办公室告别。

"能成为政府官员殊为不易！"老师感叹道，"不过，你要严格要求自己，千万不可松懈。"

"老师，您不用担心。"学生甲答道，"有秘密武器，我已经准备了一百顶奉承'高帽'，给谁戴上都会开心无比。"

"但我们可都是有身份的人！一个有身份的人，怎么可以这样做呢？"老师颇为不悦，"不要忘记我从前跟你说过的话。"

"老师，您说得对。我也憎恨这种卑劣的手段。但是，老师，我不得不说，世界上几乎没有一个人能像您这样的正直。"学生甲沮丧地说道，看来，他被逼无奈，只能如此。

听到这儿，老师欣慰地说道："你那样做，倒也是对的。"

学生甲走出老师的办公室，朋友问他，与老师告别时都谈了些什么，他对朋友说："我送出一顶'高帽'，现在，我仅剩99顶了！"

失语危机

多久不再说话，都已经无法记忆，而真正想说话之时，却又面对危机。

他45岁生日那天，一个人在外面过的生日。饭店送了生日蛋糕，服务员整齐列队，齐声高唱：生日快乐！

回到家，他安静地坐在沙发上，她已在卧室里酣然入梦。

沉寂，死一样的沉寂。他努力回想，已经多少天没有说话了？好像有一周了。不，是两周了。不，还是不对，也许一个月，甚至更长。长得有些记不起，算不清，数不准——反正很久许久特别久了。

他数着数着，就靠在沙发上沉沉地睡着了。

他先做了一个梦，她向他道歉，她说她后悔了，不该和他打赌——两个月不说话就离婚，现在还差三天。

接着，他又做了一个梦，梦中他在发表精彩绝伦的演讲，演讲持续了一天又一天。第七天下午，他的演讲结束，数以千计的听众把他团团围住，向他热情提问，跟他索要签名，与他合影留念……

突然，一阵剧痛把他惊醒，他捂住胸口，努力想从沙发上爬起来，但他失败了，旋即滚落到地板上。他觉得自己动弹不得，身上像被一块巨石压住。

他觉得自己必须说话了。

他努力张口，可嘴巴仿佛不再是自己的，他竟然发出猴子呜咽一般的声音……

清晨，当他的尸体被人七手八脚抬走的时候，他的嘴巴还张着，猜不出他想说什么。

打电话

"我"掉进了电话陷阱，一遍又一遍地按照语音提示拨打电话号码，难道遇到骗子了？

真是奇怪，翻遍了通讯录，很多人的手机都停机或者无法接通，难道大家都把我拉黑了？而其余的人，又都约好似的没有接听，我攥着有些发烫的手机，下定决心，只好给他打了。

他的名字叫徐大成，是我手机通讯录里最有钱的老板，这是他给我留的专用号码。但我至少有两年没和他联系了，如果不是房东催房租太紧，逼得我都快跳楼了，借我十个胆儿我都不会打这个电话。

我拨了号码，提示欠费停机。我咬咬牙，上网给那个手机号充了十块钱，再拨打，里面播放了一段语音：您拨叫的用户手机号码已变更为138XXX。我连忙用笔记下来。

再拨新号码，又是欠费停机，真是晕死了，我连忙又给他充了十块钱，再拨打，里面又播放了一段语音：您拨打的用户手机号码已变更为137XXX。我连忙用笔记下来。

又拨打新新号码，还是欠费停机，我感觉到这是一个圈套，但我已经投入了二十块钱，如果不拨通，前面的投入岂不是打了水漂？

谢天谢地，等我花了六十块钱以后，电话终于没再欠费停机。

但依旧是一段语音：恭喜儿子，终于拨通了。但我要告诉你，不要总想着打电话要钱，做一事无成的"啃老族"。前后一共给我充了六次手机话费，说明你是有毅力的，还有改过自新的可能。去找你妈，她那里有一份草拟的合同，如果你有本事跟刘老板把这个合同谈下来，再和我见面，那份产业才能放心地交给你。

周末视察

坏事儿变好事儿？危机变机遇？某些人真有一套。

谁都没想到，周五刚刚宣布到任的集团总经理卓不群，周六就要去下属的 A 公司视察。

总经理工作部主任万一笑陪同，过了安检才抽空给 A 公司总经理尹仁义打电话。接到电话的时候，尹仁义正在家里泡脚，一听新任总经理要来，他哎呀一声，瞬间蹬翻了洗脚盆——满打满算，再有三个小时领导就到了，卓不群不急出一头汗才怪呢！

尹仁义立即给公司办公室主任陈需儒打电话，没想到陈需儒毫不慌张："领导放心，我马上安排。"

三个小时后，卓不群走下轿车，A 公司布置得井井有条，收拾得干干净净。

卓不群走了一圈，非常满意，信步来到会议室听尹仁义做工作汇报。尹仁义刚刚汇报了两分钟，卓不群打断他说道："老尹，咱们别兜圈子，我知道你们公司停产的时间不短了，也没有什么新鲜的生产和管理经验可汇报的。不过，老万到了机场才你们打电话，不到三个小时，公司面貌焕然一新，也不容易呀！"

尹仁义的脸上一阵红一阵白，摸不清领导是在表扬还是在批评，正犹豫，卓不群好像看懂了他的心思，又道："你也不用在心里打草稿了，我一看就知道不是日常保持的结果，而是刚刚收拾出来的，我倒有兴趣听一听你们的经验。"

尹仁义只得答道："还是请我们办公室主任陈需儒汇报一下。"陈需儒口才好，讲起来滔滔不绝，中心思想有两点：一是执行紧急清洁任务的是四车间，从前是一个铸造分厂，有打攻坚战的传统。二是现在停产，职工生活困难，清洁完，公司承诺杀两只羊犒劳大家。

卓不群点点头："这确实是很好的两条经验，说明我们的工作，一要靠训练有素的员工，二要有好的激励机制，二者相辅相成，缺一不可，值得推广。"

这次视察之后，A公司的四车间声名大振。在陈需儒的带领下，频繁穿梭于集团下属的各个分子公司，举办培训班，讲迎接领导的紧急清洁中，如何依靠管理和绩效来抢时间、保速度、抓要点、清死角、显实效。

卓不群到任一周年时，陈需儒已被任命集团新注册的秒清应急管理有限公司总经理，公司员工逾两万人，在全国各地设立分子公司，市场需求特别旺盛，成为集团内唯一赢利的企业。

驱　蝇

最近，飘香食品厂厂长隋玉安异常烦恼，因为厂区内苍蝇横飞，想尽了各种办法，人工、驱蝇药、电蝇拍、捕蝇网都用上了，可就是不见任何效果。当请来的专家都解决不了的时候，就只能张榜招贤了。

最近，飘香食品厂厂长隋玉安异常烦恼，因为厂区内苍蝇横飞，想尽了各种办法，人工、驱蝇药、电蝇拍、捕蝇网都用上了，可就是不见任何效果。

隋玉安走投无路，只得请来农业大学的灭蝇专家。专家们开始以为是卫生问题，但转遍了厂区，发现无论厂房还是流水线都非常干净，即便按照国际上苛刻的环境标准来考核，都至少合格，甚至说优秀，可为什么会招来苍蝇呢？专家们前前后后跑了一周，找不到任何理由，只得撤出食品厂。

这时，一位工作人员提议可以张榜招贤，俗话说：重赏之下，必有勇夫，隋玉安点头同意。

招贤榜发布在网络上，灭蝇成功者，将被奖励五万元。

消息一经网上公布，媒体纷纷报道，一时真假消息满天飞。经过一轮爆炒，重金悬赏已尽人皆知，但迟迟未见揭榜之人。

过了两天，终于有一个神秘人物揭榜。来人自称叫秦易举，有灭蝇的家传秘方，他戴着墨镜和口罩，大摇大摆地走进食品厂。

厂里苍蝇最多的地方在中心广场，媒体记者闻讯而来，架起长枪短炮，围观如何灭蝇。

只见广场上，黑压压的苍蝇像是在开会一般，密密麻麻，人一旦走近，就会被上下翻飞的苍蝇组成的"集团军"冲撞着倒退几步。

秦易举仔细观察了一下，然后挥挥手，叫来一辆大卡车。只见他从身上掏出一个玻璃瓶，给卡车里倒了几滴液体，很快，苍蝇开始纷纷向卡车飞去，食品厂其他地方的苍蝇也被吸引而来，不一会儿就把卡车装满了，一车苍蝇拉走，又开来一辆车来接力。就这样，前后装满了五辆车。飘香食品厂的苍蝇被彻底征服了，秦易举顺利地领走了五万元的奖金。

接下来，媒体连篇累牍的报道，让飘香食品厂的销量翻了好几番，车间生产线二十四小时作业，订单应接不暇。

这天下班，隋玉安带着一个小伙子回家，两人坐在餐桌旁，相视一笑，小伙子举起杯子，由衷地说道："姐夫，你真有两下子，

虚拟回家

从哪儿买来的那么多电子苍蝇？还让我拿着破瓶子在那里比画。这宣传效果，比电视上做广告强多了。"

隋玉安一饮而尽，莞尔一笑："晓虎，这可是秘密，不能告诉你。"

如此穿越

一个流浪汉可以背诵讲话稿，这事儿听起来不太靠谱的感觉。

晚风习习，汤毅一步三晃穿过逼仄的胡同时，带着十分醉意。

拐出来，灯光剑一般刺来，汤毅脚下绊蒜，摔倒了。想来是鞋带开了，被另一只脚踩到，这是微醺后常有的事儿。

汤毅坐下来系鞋带，但动作如绣花一般困难，他只能耐心地与被麻醉的神经较量。

忽然，屁股下的地球动了一下。地震了！汤毅额头上溢出冷汗，努力抬起屁股，做百米起跑姿势。这时，有一个声音似乎从地下传来，怎么？坐在我身上，还要跑不成？

汤毅低头，原来地上躺着一个流浪汉。

流浪汉从脏兮兮的被窝里爬起来，摸出一个酒瓶子，灯光不情愿地照出一张胡子拉碴的脸。

来，还有半瓶酒，咱俩干了？流浪汉说。

笑话，我和你喝酒？汤毅心里想，烦躁地摆摆手。

流浪汉并不在意，又道，看你也喝了不少，想走也走不了，那就看着我喝吧。

汤毅把头靠在墙上，微微闭上眼睛。

流浪汉是一个乐天派，小酌一会儿就来了兴致，竟唱起歌来。唱了一会儿，又做起报告，这报告听着耳熟——这不是五一劳动节上的讲话吗？

汤毅噌地坐直了，惊诧地望着流浪汉，问道，你怎么会背这个？流浪汉哈哈大笑，我吃饱了撑的背这个？这不是有报纸吗？说着，从地上捡起一张报纸塞进汤毅的手里。

定睛细看，果然是XX局五一劳动节上的讲话——这是汤毅前天在局全体员工大会上做的报告，报纸几乎一字未改地全文刊登了。

但看到配发的会议照片，汤局长又糊涂了，怎么做报告的是上一任局长呢？

翻看报头，出版日期是前年的5月3日。

我真的醉了？汤局长一遍又一遍地揉眼睛。

虚拟回家

一场大醉之后，我又一次虚拟回家了。

饭店、歌厅、烧烤，场景如马致远的《秋思》，没有动词，抽象而具象地变幻着。

白酒、红酒、啤酒，一个系列下来，我又喝断篇儿了。

等我再度观睁开眼睛观察世界的时候，手表指向上午十点。床头的一瓶矿泉水耀武扬威地望着我，被我毫不犹豫拿起来一饮而尽。

我摇了摇依旧晕晕的脑袋，恍惚间记起自己似乎做了一个长长的梦。梦中，李局长、王局长、赵局长纷纷过来敬酒，恭喜我再次获得市先进个人，至于大家都恭维了什么华丽的词汇，实在记不起来。期间，仿佛姐姐打来电话，说镇上回迁的楼房早就装修好，老爸老妈特意按照我市里房子的陈设进行了装修，她希望我啥时候回老家看看。

唉，我不禁叹了口气，因为局里领导值班制度，我春节也没顾

虚拟回家

上回老家，屈指算来，也许有一年半没有回去了。

不容我想下去，手机 APP 客户端又响了起来，消息栏上气泡一行接一行地往外跳，提示又有几个文件需要网签，已经转到我这关了，我赶紧点开软件，开始按部就班签署意见。

终于处理完公文，我想起手机曾经装了虚拟回家软件，还买了一台配套外设。那台外设直接寄给了姐姐，让她装在父母家的茶几上，通过这个设备，我打开 APP 就可以看到客厅里的情况。那摄像头可以 360 度旋转，跟自己站在客厅没什么区别，只是因为忙，我还没有机会试用呢。

于是，我点击启动了虚拟回家 APP，黑洞洞的屏幕缓缓亮起来。然后，我点击旋转，父母家的客厅在手机屏幕上一寸一寸地展示出来，最后，画面停留在沙发上，老爸、老妈正坐在那儿喝茶水，背景声音是正在播放的新闻。

我启动了对讲功能，想跟老爸说话。显然，这设备很少使用，陡然发出声音，吓了老爸一跳，他定定神，回头对老妈说："这东西还能对话？"

老妈不明所以地点点头："兴许吧，应该是。"

老爸又说："是二小子的声音吧？"

我按亮床头灯，这下，老爸仔细看了看虚拟回家宝贝屏幕上的我，他惊叫道："老伴，你看，果然是二小子，这东西还真好用。"

我不禁哈哈大笑起来，然后，披好上衣，刚刚要再说话，却发现老爸从沙发上站起来。

须臾，卧室的门开了，老爸站在床前："二小子，昨晚你咋喝了那么多酒？急火火地打电话让你姐和你姐夫接你回来，大家把你扶进屋的时候，天都快亮了！"